MARETSUMI

百合に挟まれてる女って、罪ですか？

みかみてれん　{イラスト}べにしゃけ

MARETSUMI

yuri ni hasamareteru onna tte, TSUMI desuka?

MARETSUMI

character

神枝　楓　かみえだ・かえで

17歳、高校二年生。

誰もが振り返る綺麗系美少女。

男性相手の手練手管を教育されて育った、籠絡のエキスパート。
※実地訓練は未経験
初めてのターゲットが女性で困惑しながらも、茉優のことを気に入っている。

火凜とは幼馴染で犬猿の仲。

久利山火凜　くりやま・かりん

17歳、高校二年生。

巨乳で甘ふわ系の可愛い系美少女。

完全に猫をかぶっていて、素顔はドSで茉優のことをペットだと思っている。

そんな素顔を幼馴染の楓には見せていて、楓のことをいじめるのが好き。

朝川茉優　あさかわ・まゆ

23歳、職業フリーター……もとい、メイド。

今回楓と火凜にターゲットにされた、不運(?)な普通の女性。

幼いときからトクベツになりたいと、アイドル活動をしていた経験も。

アイドル活動をしていたのにも関わらず、誰かから告白されることもなかったため完全にちょろいんと化している。

MARETSUMI
yuri ni hasamareteru onna tte, TSUMI desuka?

「ってそんな妄想あるか――っ!」
「まーゆっ
だいすきぃ♡」

「茉優、好きだよ」
「く、くるしゅうない！」

MARETSUMI

百合に挟まれてる女って、罪ですか？

みかみてれん

{イラスト}べにしゃけ

MARETSUMI

yuri ni hasamareteru onna tte, TSUMI desuka?

MARETSUMI

contents

MARETSUMI

yuri ni hasamareteru onna tte, TSUMI desuka?

プロローグ ♥	決着の任侠七番勝負	011
第一話 ♥	作戦開始、神枝 楓	021
第二話 ♥	朝川茉優の半生	039
第三話 ♥	神枝 楓と久利山家の妖女	079
第四話 ♥	百合に挟まりつつある女	111
閑話① ♥	神枝 楓の誤算	154
閑話② ♥	久利山火凛の暗澹	158
第五話 ♥	女に口説かれすぎる女	167
第六話 ♥	キレ散らかす久利山火凛	203
第七話 ♥	女と女に滅茶苦茶にされる女	217
第八話 ♥	女と女の決断	243
第九話 ♥	百合の間に挟まるのは、罪です	279
エピローグ ♥		299

プロローグ

決着の任侠七番勝負

MARETSUMI

yuri ni hasamareteru

onna tte, TSUMI desuka?

十月も終わりに差し掛かり、残り香のように漂っていた夏の残滓《ざんし》も、すっかりと冬色に取って代わられつつある頃。

都内某所にて——料亭の一室にて向かい合う、ふたつの陣営があった。

片側は、神枝《かみえだ》組。

もう片側は、久利山《くりやま》組。

デーン！と部屋を埋め尽くすコワモテ集団の奥に、美しき女性がふたり座っている。相まみえる彼女たちこそが、組を取り仕切る正真正銘の女組長である。

年の頃は、三十から四十にかけて。咲き誇る大輪の華を思わせるその美しさは、触れれば指を傷つける薔薇《ばら》のようだ。

緊張感に満ちた部屋で、先に口を開いたのは——神枝《かみえだ》組の女組長だった。

「そろそろ、決着をつけるべきだと思わないかい？」

ふ、と久利山《くりやま》組の女組長が笑う。

「まあ、神枝《かみえだ》さん。そろそろだなんて言い方、まるで今までずっと手加減をしてくださっていたみたいじゃないですか。お遊びのおつもりには見えなかったんですけれども、お優しいことですわぁ」

びきっと神枝《かみえだ》組組長のこめかみに怒筋が浮かぶ。

挑発するような口ぶりに、辺りの緊張感が膨れ上がる。

一触即発の危機だ。

神枝《かみえだ》組と久利山《くりやま》組は、古来より持ちつ持たれつの関係でやってきた。いまだに広域組織に飲み込まれず、一本で活動を続けてこられたのも、互いがあってこそだ。

しかし、だからこそ。

どちらが『上』で、どちらが『下』か。

白黒ハッキリと序列を決める必要があった。

「いい加減にしろよ、女狐《めぎつね》。あんたのその顔も、見飽きたって言っているんだ。さっさと娘に譲って引退したらどうだ？　そろそろ腰が辛《つら》い年頃だろ？」

今度は久利山《くりやま》組の女組長の顔が引きつる。

「あなたも口が減りませんのね。ぺちゃくちゃとお喋《しゃべ》りをしにきたわけじゃありませんの。さっさと決めましょう。記念すべき最終試合、七番目の勝負方法を」

「ああ」

上下関係を巡って、神枝《かみえだ》組と久利山《くりやま》組は、これまでも血で血を洗う抗争を繰り広げてきた。

「今まで散っていった組員のためにも、ぜったいに負けられないんでね」

「それはこちらのセリフですわ」

実に熾烈《しれつ》な戦いの歴史だ。

あるときは飲み比べ勝負をし、組員が何人も急性アルコール中毒で運ばれていった。

またあるときはサウナ我慢比べ大会が開かれ、脱水症状にて救急搬送された。

カタギに迷惑をかけまいと種目の路線を変更し、大食いチャレンジが開催されるも、食べ物を粗末にしてしまうこともあった。

カラオケ歌自慢対決にいたっては、練習のしすぎで何人もの組員がノドを潰し、またしても病院送りと相成った。

「今じゃ騒ぎを起こしすぎて、警察《ポリ》どもに目をつけられまくっている始末……」

「次にやったらそれこそ、見せしめに何人かしょっぴかれることは確実ですの……」

「だから、って終われないよな？」

「もちろんですの」

なぜなら、その大勢の屍《しかばね》――生きているけれども――の上に、神枝《かみえだ》組と久利山《くりやま》組は、立っているからだ。

生半可な覚悟ではない。

かくして、三勝三敗で迎えた最終戦。

「こちらも虎の子を出す」

「……あら？」

バン、と机に写真を叩《たた》きつける。そこには、ひとりの女の子が写っていた。

まだ若く、未成年の少女だ。

その名は、神枝楓《かみえだかえで》。

神枝《かみえだ》組組長のひとり娘にして、特殊な英才教育を叩き込まれたエージェントである。

「お互い、有事の際にと、育てていた娘がいるだろう」

神枝《かみえだ》組組長の目は真剣だ。

久利山《くりやま》組組長の瞳もまた、怜悧《れいり》な光を帯びる。

「……その駒を盤上に叩《たた》きつけたのなら、待ったはできませんことよ？」

「もとより、そのつもりだね」

「目に入れても痛くないほどかわいらしい、愛娘《まなむすめ》じゃありませんの？」

「弾く予定もない三味線を習わせているわけじゃないんだ、あたしは」

「なぁるほど」

久利山《くりやま》組組長とて、人の子だ。わずかな逡巡《しゅんじゅん》があった。

しかし、彼女はひとりの母である以前に、組を背負《しょ》って立《た》つ女主人だ。

目の前の女が腹をくくった以上、彼女の答えもまた、決まっていた。

「わかりましたわ。うちも出しましょう。久利山火凜《くりやまかりん》を」

固唾を呑《の》んで見守っていた組員たちは、震えた。

ついに決着の行方は、お嬢様方に委ねられたのだ。

女と女、組と組、ヤクザとヤクザの争いは、ここにきて最終局面を迎える。

「後になって後悔しても遅いよ、女狐《めぎつね》」

「そちらこそ、新たに代紋を作り直す準備をしておくことですのね。久の一文字を刻ませてあげますわ」

最大限の侮辱に、神枝《かみえだ》組組長の顔が歪《ゆが》む。だが、勝負をすると決めたのなら、これより先は口ではなく、その行動によって示されるべきだ。

「では、勝負は来月から」

「ああ、それでいいだろう。今月末は楓《かえで》も中間テストがあるからな。勉強の邪魔になっちゃあいけねえ」

「当たり前ですの。今の時代、どんな道を選ぶことになるにしろ、選択肢は多く持っておくべきですのよ」

双方、途端にランチタイムのファミレスで教育方針について話すような顔になり、共感とともにうなずいた。

組長であると同時に、彼女たちはひとりの母でもあるのだ。

だが、母でありながら娘を死地に送り込む、その残虐非道な行いの勝負方法とは？

パチンと王手をかけるように指でテーブルを叩《たた》き、神枝《かみえだ》組組長——神枝環《かみえだたまき》が言い放つ。

「ターゲットを誘惑し、先に相手を籠絡《ろうらく》させたほうが勝ち、だ」

女と極道は切っても切れない関係だ。

本来の美人局《つつもたせ》とは、筒持たせ。イカサマ賭博《とばく》を表す、博打《ばくち》用語だ。

スパイ映画の影響でハニートラップという言葉が流行《はや》る以前から、古くはくノ一。以降は花街の文化によって、女は蜜であり、武器でもある。

時代は移り変わったが、その手管は今もなお現代に受け継がれていたのであった。

久利山《くりやま》組組長——久利山桔花《くりやまきつか》もまた、鷹揚《おうよう》にうなずく。

「負けませんのよ。当家の火凜《かりん》は、絶対に」

大勢のコワモテたちもまた、ごくりと生唾を飲み込んだ。

いよいよだ。

今ここに——。

闇に葬《ほうむ》り去《さ》られるであろう技術が、再び日の目を見ることになるのだ。

＊＊＊

会合での決定の後、神枝楓《かみえだかえで》には自宅にて本件が伝えられることになった。

大正時代より受け継がれてきた神枝《かみえだ》家は、昔ながらの日本家屋、平屋建ての豪邸だ。

その最奥《さいおう》にある和の間にて。

背筋を伸ばして正座した娘に、母の環《たまき》は重々しく口を開く。

「そういうわけだ、楓《かえで》。どうか、女の花道、飾っちゃくれないか？」

「もちろんだよ、お母さん。私が組のため、力になれるなら、なんだってやるよ」

「……悪いね。最後の最後、あんたにケツ拭いてもらうことになっちまうとは」

沈鬱な面持ちの母に、楓《かえで》は微笑《ほほえ》みながら首を振った。

「そんなこと言わないでよ。組員のみんなには、ずっとよくしてもらってきたんだから。家族でしょう？　私にも、恩返しをさせてよ」

鬼の目にも浮かびそうになる涙を、環《たまき》は根性で押しとどめた。

「……へっ、いつの間にか大きくなってやがるね、あんたも。よく言うもんだよ。わかった。最後の大一番、あんたに託した」

母はすっと笑いながら、一枚の封筒を差し出す。

「これが最後だ。終わったらすべて――あんたの自由にするといい」

その中に入っているのは、ターゲットの情報だ。

楓《かえで》は中を確認し、そして――。

……そして、めちゃくちゃ怪訝《けげん》そうな顔をした。

「お母さん」

「ああ……。悪いね、あんたも神枝家《かみえだ》に生まれちまったばっかりに、こんな役目を背負わせちまってさ……」

「そうじゃなくて」

シリアス顔で任俠《にんきよう》道の業を噛《か》みしめる母に、楓《かえで》はなんて言うべきか言葉を選んだ挙句。

その紙を見せつけることにした。

「女の人だよね、この、ターゲット」

「ああ」

名前は、朝川茉優《あさかわまゆ》。

性転換した元男性ということもなく、ド直球に女性であった。

確かに楓《かえで》は、母の環《たまき》から、異性を籠絡《ろうらく》するための術を学んだ。

美を磨き、品位を育み、教養を備えた。

男の習性と、その傾向を。彼らがどんなことを好み、どんな女を愛するのか。楓《かえで》の頭の中にはもはやすべてが叩《たた》き込《こ》まれていた。

まだ実地の経験はないが、その気になればどんなコンビニ店員の兄《あん》ちゃんだって、その場で連絡先を交換することができるだろう。

この世界の半分を統《す》べる男という相手に対し、楓《かえで》は間違いなく無類の強さを発揮するエージエントだ。

なのだが……。

「私、女の人相手は、習ったことないんだけど……」

「そりゃあそうだ。あたしだって教えたつもりはないからね。でも今回のターゲットはその一般人だ。もちろん、特別に女が好きってやつでもない」

「ゼロからのスタート……？」

ピアノを習わせた娘に、同じ楽器なんだからとバイオリンを弾かせるような暴挙だ。

楓《かえで》は重ねて尋ねる。

「………なんで？」

母はその瞬間、同業者も裸足《はだし》で逃げ出すような凄《すさ》まじい眼光を放った。

「男相手にハニートラップを仕掛けて、万が一、嫁入り前の楓《かえで》にもしもがあったらどうするっていうんだい？　あたしもカタギを東京湾に沈めたくはないんでね」

「え……？　う、うん」

彼女は組長でありながら、楓《かえで》にとっていつでも優しく善き母親であった……。

こうして、落とすほうも落とされるほうも女同士という、前代未聞《ぜんだいみもん》のハニートラップ勝負が、幕を開けたのだ。

第一話

作戦開始、神枝　楓

MARETSUMI

yuri ni hasamareteru
onna tte, TSUMI desuka?

MARETSUMI

神枝楓《かみえだかえで》、十七歳。高校二年生。

幼い頃より、男性相手の手練手管を教育されて育った、籠絡《ろうらく》のエキスパートだ。

しかし時代の移り変わりによって、まだ一度も実戦に投入された機会はなく。楓《かえで》自身この
まま大人になってしまうのだろうな、という漠然とした予感はあった。

なにせ、組員はおろか母親からも、明らかに過保護気味に守られていたのだ。華道の跡取り
娘なのに、危ないからといってハサミを取り上げるようなものだ。役目と教育方針が見事なま
でに食い違っていた。

だから、本人も今回の件を聞いて意外に思ったのだ。

最後の大一番の勝負を頼むと母親に頭を下げられたとき、楓《かえで》は決意した。

この身がどうなろうと構わない。

自分を育ててくれた、愛してくれた人たちのために、全力を尽くそう、と。

とはいえ——。

「女の子相手、かあ……」

中間テストの最終日。迎えの車の中で楓《かえで》はつぶやいた。

テストの成績は上々。もとより真面目で勉強熱心な楓《かえで》は、無事今回のテストもそれなりの手
応えを摑《つか》んでいた。学年十番以内から転落することは、まずないだろう。

ただ、これからが本番だというのに。

結局、朝川茉優《あさかわまゆ》を落とすためのプランは、未完成のままだった。

男性向けに書かれた『女子を落とす』類の指南書もいくつか読んでみたけれど、女性の自分にそのまま当てはめることはできず、あまりピンと来るものもなかった。

組員たちに聞き込み調査をしたときには。

——女ってやつらは、札束で頬を引っ叩《ぱた》けばすぐに言うことを聞きます！

——やっぱ腕っぷしですね、腕っぷし！　強ければあっちから寄ってきますって！

——キケンな匂い……っつーんですか？　そういうのが、たまらないみたいですね。

……局所的すぎる意見で、いまいち参考にはなっていない。

「いやー、大丈夫すよー！」

難しい顔をして窓の外を眺めていると、楽観的な声が響いてきた。

ハンドルを握るのは、新城《しんじょう》すみれ。神枝《かみえだ》組の構成員だ。

まるで新入社員の着るリクルートスーツのような出で立ち。黒髪を後ろで縛り、小さなポニーテールにまとめているこざっぱりとした女性だ。

すみれのまだあどけない顔つきは、女子大生でも通じるだろう。

母に命じられ、なにかと楓《かえで》の面倒を見てくれている。楓《かえで》にとっては姉であり、妹であり、ペットのような存在だ。

「だって私、お嬢のこと大好きすから！」

すみれはバックミラー越しに人懐《ひとなつ》っこい笑みを浮かべる。

まるで餌に群がる鳩《はと》のような短絡さだが、その純粋な好意は嬉《うれ》しかったので、楓《かえで》は「ありがとう」と微笑《ほほえ》んだ。

「すみれさんは、私のどこが好きなの？」

「えぇー？　照れちゃいますねぇ」

すみれは娘に褒められた父のように、でれっとした笑みを浮かべた。

「お嬢はかわいらしくて、頑張り屋で、優しくて、理想の女性って感じで……も〜〜、いいところしかありませんよ。ほんと、極道に咲く一輪の花！　って感じす！」

かなり意見にバイアスがかかっている。

楓《かえで》は身を乗り出して、運転席のすみれを隣から覗《のぞ》き込《こ》んだ。

「じゃあ、私と恋愛……できる？」

完璧な角度の流し目。小さく開いた唇からささやかれる、抑揚を抑えた甘い声。漂う破滅の香り。あまりにも引力の強すぎる誘惑だ。

「えっ　いや、あの、それは！」

本気と見紛《みまが》う誘いに、すみれはたちまち顔を青くした。

彼女はごくりとツバを飲み込む。

「組長にバレたら私、埋められませんかね……。なんたって、お嬢に近づく男を陰ながら排除していたって噂《うわさ》があるぐらいなんすから……」

「ふぅん……私よりお母さんを取るんだね」

「そういうつもりでは！」

わずか数分足らずの追い込みだ。極道の構成員は、たかが女子高生ひとりの戯言《たわごと》相手に、だらだらと汗をかく。

「ちょ、ちょっと今、本気で焦《あせ》ってきました。え、ふたりで南の島に逃避行します……？」

このまま急遽《きゆうきよ》Uターンして、空港どころかそのまま車ごと海にダイブしそうな勢いだ。それはさすがに困るので、楓《かえで》は彼女を解放してあげることにした。

「ごめんね、冗談だよ」

「ホッ………………」

すみれの様子を見るだに、異性相手の技術でもまったく役に立たないわけではなさそうだ。そう再確認する楓《かえで》に、すみれは安堵《あんど》まじりの溜息《ためいき》をつく。

「こないだ知り合った密輸業者に連絡しようかどうか、迷っちゃったじゃないですか……」

「でもすみれさんのそういうかわいいところ、私ほんとに好きだよ」

「お嬢のファム・ファタール！」

「ありがとう」

褒め言葉だと思って、素直に受け取る。

楓《かえで》は再び後部座席に座り込む。今度は一転して、年相応の弾んだ声をあげた。

「それにしてもアルバイトかあ。楽しみだな」

母の教育方針は厳格なので、こんな機会でもなければ学生の間に働く機会はなかっただろう。

「送り迎えをさせてもらってる私が言うのもなんすけど、お嬢はかなり窮屈な生活を強いられてますもんねえ……」

すみれの仕事には、楓《かえで》の監視も含まれているのだ。彼女はそれを申し訳なく思っているに違いない。

「私ね、ようやくフツーの女の子っぽいことができそうで、嬉《うれ》しいんだ」

「普通……すか？」

「放課後、友達とごはん食べに行ったり、どこか遊びに寄ったり。そういうのぜんぜんなかったから。放課後にアルバイトなんて、すごく一般的な行為だよね」

「あーまあ、それはそうすねー」

楓《かえで》の言う『フツー』は、決して悪い意味ではない。

変わった環境で育てられた楓《かえで》は、普通であることや、平均的であることに対して、憧れをもっているのだ。

「私から見たら、いつだってトクベツに輝いているお嬢こそが、憧れすけどね……」

すみれの言葉に、楓《かえで》は薄く微笑《ほほえ》みを浮かべるのみ。

もちろん、アルバイト先にだって遊びに行くわけではない。

今、車が向かっているのは、ターゲットである朝川茉優《あさかわまゆ》の勤め先だ。

まずは同僚になって、そこから徐々に仲を深めてゆく。

本日は、そのための面接を受けにいくのだ。

しかし――。

「ただ、あの、私はお嬢のいいところを、誰よりもたくさん知っていますけれど」

「うん」

「本当にその感じで面接に行くんすか？」

すみれが心配して、指摘したのも無理はない。

今の楓《かえで》の容姿は、言ってしまえばかなり地味なものだ。

学校帰りの制服から着替えた私服は、個性のないモノトーン。

それだけならまだしも、眼鏡をかけて、猫背気味に座席にうずくまっている。動物病院に連れてこられた元気のない猫のようだ。

母の環《たまき》のもつような絢爛《けんらん》とした美の華は影も形もなく、代わりにいつでも誰かの顔色を窺《うかが》っているような、臆病さを漂わせている。

――そのように、繕っている。

「どこかヘンかな？」

「いえいえ、お嬢はいつでもおきれいすけど！」

すみれの言いたいことも、よくわかる。

大切なのは第一印象。どんな恋愛指南書にも、耳タコのように描かれている文面だ。

それなのになぜ、あえて魅力的ではない姿を見せようというのか？　と。

楓《かえで》は長い足を組み、頬に手を当てると、誰もがゾクッとするような美しい笑みを浮かべた。

「私はね、勝つつもりだから」

「ええと……。すみません、私にはわからないんすけど、だったら普段の姿のほうがよろしいのでは……？」

困惑するすみれに、楓《かえで》はそれ以上なにも言わなかった。

家族のため、組のため。

それはもちろん嘘《うそ》ではない。だが、楓《かえで》の動機はそれだけでもない。

この『勝負』には対戦相手がいる。

それこそが久利山《くりやま》火凜《かりん》。

楓《かえで》にとっては最悪の——因縁の相手だ。

母親からハニートラップ勝負を命じられたその日のことである。

楓《かえで》の携帯電話に、一件の着信があった。

登録のない番号だ。家庭環境柄、非通知で電話がかかってくることも多い楓《かえで》は、さほど警戒もせずにその電話を取った。

「もしもし」

『楓《かえで》』

女の声。

心臓を一突きにされたような気分だ。

数年ぶりに聞いたのに、それが誰かはすぐにわかる。小鳥が見たこともない猛禽《もうきん》類を畏怖するかのように危機感が働きかけてきた。

「……火凜《かりん》？」

『ホント、冗談じゃないよね。相手が女の子だってさ。そんなの、どうすればいいんだか。素性も一般人らしいじゃん？　ヌルすぎ。あーあ、興ざめ』

「なんなの」

そうだ。勝負なのだから、向こうからコンタクトがあるかもしれないとは、予想してしかるべきだった。

なのに楓《かえで》はその可能性を、無意識に頭から排除していた。

火凜《かりん》のことを、一秒でも長く忘れていたかったからだ。

「……そんなことのため、わざわざ電話を？」

『えー？　楓《かえで》は最悪って思わなかったわけ？』

「私は、みんなのためにがんばるだけだよ」

『ふぅん。まっじめー。あたしは身も心もボロボロになっていく楓《かえで》が見たかったのになー』

心の奥がざらっとする。周りの景色が色あせて、電話の向こうの声だけがリアルだ。

火凜《かりん》は、未《いま》だに自分のことを見下している。

「愚痴を言いたいだけだったら、かける相手間違ってるよ」

『ああ、そうそう』

火凜《かりん》は人の話なんて聞いていないように、軽く続ける。

『最悪ついでに言うんだけど、あたし今回学校行事の手伝いが多くてさ。たくさん頼まれちゃってて、たぶんけっこう参加遅れるから。その間、がんばっておくといいよ』

「……なにそれ」

あまりの怒りに、鳥肌が立った。

「これは任務でしょ。なのに、どこまでふざけて」

『ま、手加減してくれるなら、それはそれでいいけどねー。だって、女の子相手なら、楓のほうが有利なわけじゃん？』

一瞬、火凜《かりん》がなにを言っているのかわからなかった。

まぶたの裏に赤い光が瞬《またた》いた。

「それは——もとはと言えば、火凜《かりん》が！」

『あはは、怒った怒った』

吠《ほ》えても無駄だとわかっているのに、それでも楓《かえで》は己の感情を抑えることができなかった。

コントロールが効かないのだ。

この久利山《くりやま》火凜《かりん》という女に対してだけは。

『ま、あとはとりあえず勝利予告だけして、プレッシャーかけておこっかな。別に勝敗とかどうでもいいけど、楓《かえで》に負けたら楓《かえで》が勘違いしちゃうでしょ？　もしかしたらあたしより〝上〟なのかもしれないってさ。それ、可哀想《かわいそう》だから』

「あなたみたいな人に、ぜったいに負けない」

火凜《かりん》はうんざりするほどにきれいな声で笑って、そして電話を切った。

楓《かえで》はしばらくその場から動けなかった。

ただ決意したのだ。

口ではなく結果を見せつけてやる。圧倒的な大差で、火凜《かりん》を叩《たた》き潰してやろう、と。

だから、こうして今——。

すみれに勤め先の近くまで送ってもらった楓《かえで》は、道端でターゲットを待ち構えていた。

大きく深呼吸をする。

火凜《かりん》のことを思い出すと、どうしても顔が険しくなってしまう。

（だめだな。集中しないと）

初めての任務で緊張している自覚もあって、楓《かえで》は感情を凪《なぎ》に保つため、己に言い聞かせる。

（大丈夫。私はプロなんだ。初めての任務だけど、プロであることに変わりはないんだから）

母親から、何度も言い聞かされてきた。ただ体を鍛えているだけの素人《しろうと》に、プロのボクサーが負けることはありえない。だから、自分は負けないのだ、と。

楓《かえで》はターゲットの情報をおさらいする。

朝川茉優《あさかわまゆ》。家族構成は父ひとり母ひとり。両親ともに公務員。

資料に書かれていたのはそれだけ。

あとは接触し、その目で調査を続けていけ、とのこと。

（……上等だよ、お母さん）

最後にもう一度深呼吸して、楓《かえで》は覚悟を決めた。

ずっとずっとフツーじゃない環境で生きてきた。だが、これが終われば久利山火凜《くりやまかりん》なんていう妖女と関わることはもうない。望んでいた、フツーの生活が手に入る。だったらせめて、ここで勝って終わらせるのだ。

ひとりの女性が通りかかる。

さあ、始まりだ——。

履歴書の入った封筒と、地図アプリを開いたスマホを手に、声をかける。

「あの、すみません」

「えっ　あ、はい？」

急に話しかけられて、彼女はびっくりと目を丸くしていた。

ターゲットの朝川茉優《あさかわまゆ》だ。

近くで見ると、写真よりもずっと愛嬌《あいきょう》があって、かわいい顔立ちだ。

背は自分よりも低く、けれどピンと伸びているから見た目以上の存在感がある。

楓《かえで》は警戒心を抱かせないよう、いかにも困り果てた体で、弱々しく声をかけた。

「この近くにある、アンブロシアという喫茶店に行きたいんですけれど……ご存じですか？」

「あ、ああー！」

女性はこく、こくこくと三度うなずく。表情と同じぐらいリアクションの大きな子だ。小さな子に好かれそうだな、と楓《かえで》は思った。

彼女はぎこちない仕草で近くの貸しビルを指差す。

「あっちなんですけど、確かにここらへんわかりづらいですよね！　よろしければ、案内しますよ！」

しっかりとしたよく通る声は、ボイストレーニング経験者のそれである。

「そんな、ご迷惑では」

「大丈夫です！　なんとわたし……なんとなんと、そこで働いているものですから！」

どこからか謎のドラムロールが聞こえてきそうなほど溜《た》めてから、彼女は胸を張って笑う。

楓《かえで》も微笑《ほほえ》んだ。

「では、お言葉に甘えさせてください」

「はあい！」

美術品を勧められたらその場で全自動購入してくれそうな笑顔。

道を聞いただけの赤の他人に見せるにしては、少し無防備すぎる。人柄の良さだけではなく、妙な危なっかしさも感じさせてしまうような女性だ。

並んで歩きながら、楓《かえで》は彼女を観察する。

「ええと、お姉さん、メイドさんなんですね。どうですか？　お仕事、楽しいですか？」

「うーん、そうですねえ、まあまあ、まあまあ楽しいかなあ？　まあ、だいたいなんでもそうだと思うんですけどね」

「実は、私」

あっけらかんと笑う彼女に、楓《かえで》は秘密を打ち明けるような口ぶりでささやきかける。

「……きょう、面接に入っているんです。もし合格したら、お姉さんと同じ職場で働くことになりますね」

彼女の目がキラーン☆と光った。

「ええっ　そうなんですか、じゃあめちゃくちゃ応援しますね、わたし！」

見ず知らずの女の子相手にも全力のエールだ。

ものすごい善人のオーラを感じる。

「ええと……なにか、気を付けることとか、ありますか？」

「店長は優しい人なので、ふつうにしていれば大丈夫だと思いますよ！　でももうちょっと胸を張って、姿勢をよくしたほうがいいかもしれませんね！　ほら、笑顔が大事なお仕事ですから！」

大人しい少女の皮をかぶった楓《かえで》に、彼女は元気いっぱいに笑いかけてくる。

彼女にならって、楓《かえで》も口角をあげてみた。

「こう、ですか？」

「あっ、いい感じ。とってもキュートですよ！」

ぐっと立てた親指とともに、お墨付きをもらえた。

「ありがとうございます。あの、せっかくですからお名前を聞いてもよろしいですか？」

「朝川茉優《あさかわまゆ》です。お店ではマユって名前でメイドやってますんで、もし落ちても気にせず遊びに来てください！　あ、いや、さすがに不謹慎でしたかね」

楓《かえで》がふふっと声を出して笑うと、茉優《まゆ》も照れ笑いを浮かべた。

「それじゃあ、いろいろとありがとうございました。茉優《まゆ》さん」

貸しビルの前で別れる。茉優《まゆ》は従業員出入口の方へ行き、楓《かえで》はお店の入り口へと向かう。

ただそれだけの、なんてこともない出会いだった。

(なんだか、すごくフツーの、いい人だったな)

あの女性を籠絡《ろうらく》し、心を奪う。

ぼんやりと考えてみても、現実味のない出来事だ。

彼女のような女性は、クラスにもたくさんいる。いつも賑《にぎ》やかで、楽しそうで、友達が多い。

学校で孤立気味の楓《かえで》はほとんど話したこともない、フツーの女の子。

(朝川《あさかわ》、茉優《まゆ》さん。いい名前)

初対面の感触は悪くなかった。もっと強くインパクトを与える形も何個か考えてはいたのだが、結局はこのプランに決めた。

毎日のルーチンワークに、ほんの一握りの非日常。これから恋に落とすのなら、その『加減』がちょうどよいのだ。

(女の子同士の場合がどうかはわかんないけど……でも、その条件は火凜《かりん》だって一緒。私もプロなんだから、自信をもってやりきらなきゃね)

一抹の不安はあれど、自分を信じて進むより他ない。

で、だ。

(あとはちゃんとアルバイトに受かること。ここで落ちたら、どうしようもないもんね)

いかがわしい店ではないものの、18歳以下の募集はしていなかったため、楓《かえで》は履歴書に19歳の大学生と書き込んでいた。

身長は164センチある。同世代の中でも落ち着いた物腰なので、見かけでバレることはまずないだろう。

だから、本当はこのままでも構わないのだが、楓《かえで》は万全を期した。

伊達《だて》メガネを外すと、茉優《まゆ》に言われた通り背筋を正す。

ただそれだけで羽化した蝶《ちょう》のように、楓《かえで》のまとう雰囲気は見違えた。

美少女の存在感が輝きを放つ。おとぎ話の魔法じみた変貌っぷりだ。

手で髪を整え表情を作って、店内へと足を踏み入れる。

緊張はもうとっくにほどけていた。ここからは極めてイージーなミッションだ。

「いらっしゃいませ、ご主人様――」

受け付けの女性の声が、わずかに跳ねる。

店内の視線が集まり、それらは次第に熱を帯びてゆく。

周囲の空気が、世界の空気が変わるその瞬間を、楓《かえで》は感じた。

「本日、15時より面接をお願いしております、神枝楓《かみえだかえで》と申します。ご担当の方はいらっしゃいますか？」

自信と気品に満ちたその声が、秋風のように店内を撫《な》でる。

神枝楓《かみえだかえで》、十七歳。高校二年生。
彼女はまさしく——幼い頃より、男性相手の手練手管を教育されて育った、籠絡《ろうらく》のエキスパートであった。

MARETSUMI

第二話

朝川茉優の半生

MARETSUMI

yuri ni hasamareteru

onna tte, TSUMI desuka?

MARETSUMI

朝川茉優《あさかわまゆ》。23歳。職業フリーター……もとい、メイド。

子供の頃の夢は『なんでもいいからトクベツな人になりたい！』だった。

その夢は半分叶《かな》って、半分叶《かな》わずにいる。

メイド喫茶の常連客にとって茉優《まゆ》はオンリーワンの特別な女の子（子である）であるし、日本に目を向ければどこにでもいる凡庸な量産型メイド喫茶店員のひとりに過ぎない。

もっとも、今の彼女がどこにでもいる凡庸な娘かというと、それはまた違って——。

「はぁ、はぁ、はぁ……！」

ただいま茉優《まゆ》は、アンブロシアへの道を全力疾走していた。

遅刻遅刻、遅刻ギリギリだ。これで十一月に入ってもう三回目。いよいよもってシャレにならない。温厚なはずの店長も、次に遅れたら一ヶ月トイレ掃除の厳罰を用意しているらしい。

だから茉優《まゆ》は体力の限界を振り絞って、こうして駆けているのだ。

しかし高校を卒業して幾年。なまった体では、走るといっても早足程度が精一杯。

無様な自分を、内側の自分が何度も何度もなじってくる。

そんなんだから、23年の人生で、一度もいいことなんてなかったんだよ、と。

自分自身に向ける刃としては、あまりにも先が尖《とが》りすぎている。

日ごろから一生懸命目を逸《そ》らして、絶対考えないようにしていたことだったのに！

（だって、だって……そうじゃないですか……）

気が遠くなりながら、誰かに——もしかしたら神様に——言い訳を繰り返す。

茉優《まゆ》はもともと、かわいいアイドルになりたかったのだ。

日本全国で何万人、下手したら何十万人が夢見たステージに、自分なら手が届くと根拠もなく信じていられた十代は、まだ輝きの中にあった。

高校を卒業し、グループ結成。それなりに順調にライブを重ねていって、とんとん拍子でファンも増えていった。あと少しでメジャーデビューが見えていた。

そのはずだった。

メンバーのひとりが経歴詐称で十歳もサバを読んでいたことが発覚し、おまけに彼氏との熱愛写真、さらに裏アカウントで運営批判を繰り返すという大三元みたいな炎上に巻き込まれ、グループは解散した。

行く宛のなくなった茉優《まゆ》はあっちにふらふら、こっちにふらふらと誘われるがままにアイドルグループを転々としていたが、気が付いたらもう23歳。そしてアイドル活動も休止中。

とりあえず手に職を、と始めたメイド喫茶で、小さな喜びを見出《みいだ》している有様《ありさま》である。

指名をもらってチェキを撮る瞬間の快感は、確かにたまらないものだけどさあ！

主人公になれなくたっていい。でも、世界の片隅で光を羨みながら生きていくだけの人生はまっぴらごめんだ。

（それとも、高望みは罪ですか……　モブはモブなりに現状に満足していろと）

息苦しさと戦うように心の中で叫んだ。

幼き日に見た『トクベツ』とはいったいなんだったのだろう。

例えば恋。

誰かひとりに熱烈に愛してもらえれば、満足することができるのだろうか。未知への幻想を抱いて、最近では早めの婚活もいいかもしれない……などと、一人暮らしの部屋に帰って缶チューハイを傾けながら思う日もある。

あるいは仕事の充実感はどうか。

今はメイド喫茶の店員として、指名を稼いで稼いで、ようやくあと少しで店内ランキングの三位に手が届くかもしれない、というところ。

恋なんていうよくわからない妄想よりも、こちらのほうがよっぽど現実的なビジョンだ。

……なのだが、その手近な成功体験すらも、一ヶ月トイレ掃除に追いやられてしまえば、叶《かな》わぬ夢と化すだろう。

というわけで、人生の悩みは一周し、元の位置にまで戻ってきた。ようするに、遅刻か間に合うかどうか――。

根性振り絞り、光の壁を超えた境地にたどり着きそうな頃、茉優《まゆ》はようやくなんとか従業員用出入り口に飛び込んだ。

酸素の足りない脳が、反射的に謝罪の言葉を吐き出す。

「す、すみません！　遅れ……」

……てない。時計の針はギリギリセーフだ。

「よかったぁ～……」

思わずその場にへたり込む。もう一ミリだって歩けそうにない。

いやいや、そういうわけにはいかない。ここがゴールじゃない。タイムカードを押さなければ。茉優《まゆ》はよろよろと起き上がる。

ほぼすっぴん同然の汗だくファンデをまともに整えれば、きょうも接客をさせてもらえる。さあ、本日も来店されるご主人様方に一期《いちご》一会《いちえ》の愛をお届けするのだ！

「ちょっと朝川《あさかわ》」

と、ホッとしていたところで、頭上から話しかけられた。

びくっと体を震わせながら見上げる。

そこにいたのは、従者の象徴であるメイド服に着替えてなお、サバンナの獣のような威圧感を隠し切れない女たちだ。

茉優《まゆ》の同僚メイドの、五島《いつしま》と西浦《にしうら》、それに夏木《なつき》。

ちなみに上から順に、指名一位、二位、三位の女である。

「あ、あの、な、なにか？」

アンブロシアの三強に囲まれ、茉優《まゆ》は檻《おり》に閉じ込められたハムスター状態で問う。

先頭の五島《いつしま》は、ただでさえ険のある顔立ちに加えて、剣呑《けんのん》な声を出してくる。

「スタッフ用のトイレが詰まったみたいだからさ、ちょっと朝川《あさかわ》、行って掃除してきてよ」

「ええー　わ、わたしですか」

あまりにも一方的な物言いに、茉優《まゆ》は面食らってしまった。

ぱくぱくと口を開閉した後に、よろよろと立ち上がる。

「わ、わかりました……。えと、じゃあ先にタイムカードを」

行く手をふさがれた。

「は？　アタシはさっさと行けって言ってるんだけど」

「いや、でもそれじゃ、わたしが遅刻しちゃって」

ぐい、とさらに詰め寄られて、思わず悲鳴を上げるところだった。

「漏れちゃうんだけど。ねえ、早くしてよ」

「そ、そんなぁ……平気そうな顔をしているじゃないですかぁ……」

「アンタ、人の顔見て漏れそうかどうかわかるの？」

「ううう、だったら近くのコンビニでトイレを借りるとか……」

「つべこべ言わずに、さっさと掃除してこいって言ってんのよ」

さらに後ろからも「早く早く！」とか「口答えすんなー？」だとか責められて。

しばらく抵抗していたものの、時計を見るとすでに出勤時間を過ぎてしまっていた。

「あ……」

「はーい、トイレ掃除けって〜」

三強が嬉《うれ》しそうに告げてくる。茉優《まゆ》は敗北した。

ぽっきりと折れた心を抱えながら、トイレへと向かう。惨《みじ》めだった。

トイレの惨状は、まるで誰かが故意になにかを詰まらせたようで。

悲しみに浸りながら掃除を終えて戻ってくると、三人は休憩室で朗らかにおしゃべりの真っ最中。

「あの、終わりました……」

「ああ、おつかれ。トイレ掃除うまいじゃん。これからもよろしくね、やめるまでずっと」

まるで確定事項のように告げられて、茉優《まゆ》は思わず掃除用具入れにしまおうとしていたバケツを取り落とす。

「え……え？　なんで？」

「アンタの遅刻の罰軽くない？　ってちゃんと店長に言っておいたのよ。店長ってば、指名数第一位で可愛《かわい》い可愛《かわい》いアタシの言うこと、なんでも聞いてくれるんだもん」

「えぇぇ……」

五島《いつしま》はぶりっ子ぶって高い声をあげた。制服の下の大きな胸が強調される。

接客態度もあまりよろしくないくせに、彼女はその美貌とボリューミーなスタイルを利用し倒して、指名をバンバン稼いでいる。

茉優《まゆ》はもともと自分がアイドルファンだったこともあって、かわいい女の子のことは好きだ。五島《いつしま》は茉優《まゆ》から見ても、目鼻立ちのハッキリとした美人である。いい匂いもするし。

だけどその一方で、五島《いつしま》が順調に指名数を稼いでいくのを見ると、所詮、世の中は顔と身体《からだ》なのかと茉優《まゆ》はいちいち自分が否定されるような気持ちになるのだ。

そもそもゲーム参加料や指名料でランキングなんて作るから、店内でケンカになるっていうのに！

耐えきれず、茉優《まゆ》は言葉を返す。

「だ、だって、遅刻をしたのだって、五島《いつしま》さんたちいつもが出勤前にあれやこれやとお仕事を頼んでくるからじゃないですかぁ！」

その途端だ。

五島《いつしま》の視線が鋭くなる。

「は、なにそれ。アタシたちのせいってわけ？」

かすかに残った可愛《かわい》げすらも消し飛んでいた。後ろのふたりも同様に。

虎の尾を踏んだ感触がして、茉優《まゆ》は後ずさりする。

「ぜ、ぜんぶがぜんぶってわけじゃない、ですけど……」

舌打ちされた。肝がキンキンに冷えてゆく。

「でも、だって……。うう……」

感情の吐き出し口が詰まって、なにも言葉が出てこない。

思いが溢《あふ》れすぎて、目の奥に涙がにじむ。

「なに泣きそうになってんの。うっざ……。ね、もう時間だしミーティング行こ」

五島《いつしま》は茉優《まゆ》に見切りをつけて、さっさと踵《きびす》を返《かえ》す。

ひとり残された茉優《まゆ》は、ただひたすら感情の奔流に耐えていた。

（なんでいつも、こうなんだろう）

メイドのお仕事は楽しかったのに、いろいろともう、限界なのかもしれない。

ほんとに、なにもかもうまくいかなかった。

五島《いつしま》たちだって、茉優《まゆ》をいびることに理由なんてないのだ。ただ茉優《まゆ》がいびられやすそうな顔でそこにいるから、当然そうするべきだとばかりにやってくるのだ。

なぜわかるのか？　どこにいっても同じように繰り返されてきたから。

（もし人生で、運の総量が決まっているっていうなら、わたしのこれからの人生、薔薇色《ばらいろ》すぎるんですけど……）

本気でそう信じられたのなら、今よりもっとハッピーな人生を送れているだろうに。

用水路に財布を落としたような顔で、茉優《まゆ》はとぼとぼと更衣室に入る。

自分のロッカーをガチャリと開くと、トイレ掃除をしたときに記入する担当用紙が入っていた。名前の欄には、枠をはみ出すほど大きな文字で『朝川《あさかわ》』と書かれている。それを見て、また心に大雨が降った。

そっと用紙をどかし、ハンガーにかかっていたメイド服を引っ張り出す。もうこの制服を着る機会も、多くないのかもしれない。一生トイレ掃除じゃ、誰かのトクベツになる夢も、水に流されてゆくだろう。

バイトをやめたら、どうしよう。それこそ婚活でもしようか。

(でもわたし、運命の人だと思って結婚しても、幸せになれる未来が思い描けませんね……。浮気《うわき》されたり、DVされたりしそう……)

なんて悲しみに膝までどっぷり浸りながら、茉優《まゆ》は着替えを始めた。

私服を脱いで、下着の上からパニエを穿《は》き、ワンピースをすっぽりとかぶる。

ふんわりとスカートを膨らませると、今度はエプロンだ。紐《ひも》を後ろで交差させてリボンのように結び、髪を整えてからカチューシャを装着。

これで普段通りのメイド姿。姿見で確認した笑顔は、しょんぼりと元気がなかった。そりゃそうだ。

先日、道を聞いてきた少女のことを、ぼんやりと思い出す。

あの子は、無事アンブロシアに受かっただろうか。素材はなかなかのものだった。もう少し自分に自信をもてたら、きっといいメイドになれるだろう。

（……なんて、今のわたしが言える感じじゃないですね、これ……。おー、よしよし……）

鏡の中の自分と慰め合っていたそのときだ。

更衣室のドアが開け放たれた。

驚いて飛び上がる。

「あっ、えっ？　て、店長」

いつもは縁側でお茶を飲むおばあちゃんのように穏やかな店長――まだ三十代である――の顔が、こわばっていた。

「す、すみません！　すぐに、すぐにまたトイレ掃除しますから！」

怯《おび》えながら涙目で顔をかばう。

すると、手首を摑《つか》まれた。

「ひっ」

「朝川《あさかわ》さん」

「はっ、はい……！」

茉優《まゆ》は最悪を想像する。

（クビ？　一足飛びにクビなんですかー）

だが、そうではなかった。

「すぐに来て……。きょうから入ってきた新人を、紹介するわ……」

「え…………？　は、はい」

（それだけ？）

拍子抜けしてうなずく。

店長は「どえらいことになったわ……」とつぶやいた。こんな店長を見るのは初めてだ。

ともに事務室に向かうと、すでに新人を囲む輪ができあがっている。

「あの、おつかれさまでーす……」

恐る恐る、端っこに加わる。

何事かと辺りの顔色を窺《うかが》えば、五島《いつしま》や西浦《にしうら》、夏木《なつき》は、ぽうっとした顔をしていた。

（えっ、えっえっ？）

なにがあったのか。まるで素敵な恋愛映画を鑑賞し終えたような、蕩《とろ》けた表情だった。

茉優《まゆ》は三人の視線の先、輪の中心に目を向ける。

そこに立っていたのは──。

「きょうからお世話になります、神枝楓《かみえだかえで》です。先輩方、ご指導ご鞭撻《べんたつ》のほど、よろしくお願いいたしますね」

まさしくスクリーンの中から飛び出てきたかのような、美少女だった。

（こ、これは…………）

芸能界の隅っこで数多くの女子を見てきた茉優《まゆ》は、呆然《ほうぜん》を通り越してもはやドン引きだ。

（美少女オーラが、100や200じゃ効きません……！　な、なんですかこの子……？　現役トップアイドルが一日体験入学《ひやかし》に来たんですか……）

細くしなやかな指先からつま先、頭の天辺《てっぺん》まで、たっぷりと綺麗《きれい》が詰め込まれている。どのパーツひとつ取っても、繊細かつ絢爛《けんらん》。生涯を桃だけで育てられた伝説の生き物のようだ。人里離れた山中で出会ったら、天女と見間違えてしまいかねない。

「わー……わー………」

きれい、という言葉すら出てこなくて、呼吸代わりに感嘆のため息をついていると、だ。

女の子と目が合った。

彼女はにこっと微笑《ほほえ》む。

（うっ！）

ただそれだけで腰から力が抜けて、崩れ落ちてしまいそうになる。

（ぜんぜんうまく言えないけど、すごい……笑顔の力が、すごい……！）

彼女に比べたら自分の笑顔など、ただ歯を見せて目を細めているだけだろう。

色めくどころか、辺りはすっかりと静まり返っていた。

本当の美少女を前にすると、人間はただのカカシになってしまうのだ。

だがそこで——店長が本来の役目を思い出してくれる。

「ええと、それじゃあ楓《かえで》さんの教育係は」

ばちっと電撃が走り、五島《いつしま》が再起動した。

「はっ、はい！　やります！」

茉優《まゆ》は一瞬『あっ』と思ったが、時既に遅し。

いや……たとえ先に気づいていたとしても、声を上げることはできなかっただろう。

突然の幸運は、なにもかも茉優《まゆ》のはるか上空を通り過ぎてゆくのだ。

席替えのくじ引きでも、トクベツな出来事は起こらない。いいなと思った男子や友達になりたかった女子の近くの席になれたことは、一度もなかった。

（そうだ、わたしはそういう星の下に生まれたんだ……）

と、諦めていた、はずだった。

「お久しぶりですね、茉優《まゆ》さん」

彼女の口から、自分の名前が出てくるまでは、だ。

「……へ？」

反射的に問い返す。

店長も五島《いつしま》も世界の外に置き去りにして、新人の美少女——神枝楓《かみえだかえで》は可憐《かれん》なつぼみのような唇で、弧を描いた。

「面接の際には、お世話になりました。こうして念願叶《かな》って、アンブロシアで働くことができたんです。すべて、茉優《まゆ》さんのおかげですよ」

茉優《まゆ》は何度も瞬《まばた》きを繰り返す。

ぜんぜんまったくちっとも思い当たらなかったのだけれど、そのささやくような声には、聞き覚えがあった。

「も、もしかして、あのときの子……？　えっ、な、なんで⁉」

楓《かえで》は『なんで？』の意味がわからないように、首を傾《かし》げる。

(いやいやいやいや、そんなことあります⁉)

「どうかしましたか？」

「いや……なんていうか……印象、変わりましたね……？」

遠回しにそう言うより他ない。とにかくあなたは無茶苦茶に美人なんですよ、ということをどうにか伝えたかった。

「はいっ。茉優《まゆ》さんに教わったことを心がけてきましたから」

彼女は洗いたてのワイシャツよりも真っ白な笑顔を見せてきた。

「えー……？　そんな、大したことは……」

がちで大したことを言っていないのに、慎《つつ》ましく謙遜したみたいになってしまった。

楓《かえで》は楚々《そそ》として微笑《ほほえ》んでいる。もしかしたら、この美少女を作り上げたのは自分なのかもしれない、と勘違いしてしまいそうだ。

(あれっ、なんか、なんだか、胸が苦しい……なんですか、これ……⁉)

美少女の人生にほんの少しでも関わることができた高揚感、だろうか。

楓《かえで》と茉優《まゆ》のやり取りを横で見ていた店長は、頬に手を当てながら。

「それじゃあ……朝川《あさかわ》さん、お知り合いみたいですし、楓《かえで》さんのことを頼みますね」

『えっ……ええっ⁉』

茉優《まゆ》と五島《いつしま》の声がハモった。

「よろしくお願いしますね。茉優《まゆ》先輩」

そこですかさず楓《かえで》が頭を下げてくると、五島《いつしま》もさすがに、ぐぅと言葉を飲み込んだ。

茉優《まゆ》もまた、きらりとした笑顔に、心臓を鷲摑《わしづか》みにされてしまう。

自分なんて無理です！　みたいな自虐的なセリフは、たちどころに光で焼き尽くされた。

「よよよ、よろしく！」

残ったのは人間としてあまりにも単純な感情。『嬉《うれ》しい！』という気持ちだ。

「な、なんなの……うざ……」

隣に立つ五島《いつしま》が、小声でうめく。

しかし、楓《かえで》と笑い合う茉優《まゆ》は、今や知能指数1。かわいい子に対して、ああかわいいなあ、と思う以外もうなにも考えられない体にされてしまったのだった……。

こうして、茉優《まゆ》は楓《かえで》の教育係に就任した。

無論すべて楓《かえで》の思惑通りの結果だが、そんなこと今の茉優《まゆ》は知る由《よし》もなく、ただデレデレと相好を崩している。

トコトコとそばにやってきた楓《かえで》を見て（歩き方まで美人だなあ）とか思っていたりする。脳がまともに機能していなかった。

「それでは、改めてよろしくお願いしますね、先輩」

「あっ、あの、朝川茉優《あさかわまゆ》、です！」

「はい、存じております」

今度は至近距離の笑顔だった。

心臓の鼓動が跳ね上がる。

「か、神枝《かみえだ》さんこそ……」

「楓《かえで》、でいいですよ」

ささやくような声色を浴びせられ、急に熱が出てきたような気がする。体温を測れば四十度をオーバーしているのではないだろうか。

なるほど、これが本物の『トクベツ感』か。野球場のナイター照明のような暴力的な輝きに、ノックアウトされそうだ。

「じゃ、じゃあ……楓《かえで》、さん」

「はい、楓《かえで》です」

一緒の名字になったことを喜ぶ新妻のように、清楚《せいそ》に微笑《ほほえ》む楓《かえで》。

なんだこのイチャイチャした雰囲気は。

「そ、それじゃあ！　制服を渡すから、いったん更衣室に行きましょう！」

「はい」

当たり前だけど、楓《かえで》が自分の後ろをついてくる。美人が自分の言うことを聞いてくれる。それだけで、承認欲求が満たされてしまいそうになる。

（いやいや、浮かれすぎですから……浮かれすぎですってば……）

茉優《まゆ》はやめるタイミングを逃した古参メイド。今まで何人もの新人をトレーニングしてきたベテラン兵だ。

今さらかわいい新人が——いや、とびきり美人すぎる最強の新人が入ってきたところで、仕事は仕事、きっちりとこなすのである。

更衣室に入る。クリーニング済みのハンガーから予備のメイド服を取って、手渡した。その際、手と手が触れ合ってしまう。ドキッとした。

「あ、す、すみません」

「？」

どうやら美少女は人の心を中学生男子にしてしまうらしい。

平静を取り繕うのに必死だ。取り繕えてないし。

「え、ええと、サイズはMですかね？　うちのメイド服はウエストを絞っているので、きつかったりしたら言ってください……って、それは大丈夫そうですね……」

楓《かえで》が茉優《まゆ》より太いはずがない。手を離したリンゴが地面に落ちるほど当たり前の話だった。

「はい、ありがとうございます。これは、どういう風に着るんですか？」

「ああ、大丈夫ですよ。最初はちゃんと教えますから……教えますから!?」

茉優《まゆ》は自分で自分の発言にびっくりしてしまった。

不思議そうにこちらを見返してくる楓《かえで》に、ぶるぶると首を振る。

「じゃ、じゃあ、ちょっとやってみましょうか」

「はい」

楓《かえで》は茉優《まゆ》の目の前で、着ている服を一枚ずつ脱いでゆく。

上着、シャツ、ショートパンツに、タイツ……。

当たり前だが、更衣室はふたりきり。

茉優《まゆ》は自分が先輩という立場を利用して、ひどいパワハラを強要しているような気分になった。別に今まで誰にでもやってきたことなのに！

「脱ぎました」

「ぴっ」

鳥のような鳴き声が漏れた。

楓《かえで》は恥ずかしがることもなく、あっという間に下着姿になった。

脱ぐと身体《からだ》のラインが明らかになり、想像した以上に——してませんけど——華奢《きゃしゃ》だ。

特にウエストの細さは感嘆モノで、漫画の登場人物のよう。

どこも滑らかでしっとりと濡《ぬ》れたような肌は、蛍光灯を照り返し、すべすべと輝いている。

持ち上げた白い足をワンピースに通そうとする楓《かえで》。その付け根と純白の逆三角形の布が目に飛び込んでくる。夢に出そうな光景だ。

限界だった。これ以上見ていられなくなって、茉優《まゆ》は思わず背を向けてしまう。

「あ、あんまりまじまじと見ているのはよくないですよね！」

「私は気にしませんよ」

全力で気にしてほしかった。嫁入り前の若い女なんだから、もっと慎みをもって！　なんてわけのわからない説教が口からついて出そうになる。ここで楓《かえで》が悲鳴をあげたら、ぜったい自分が逮捕されるんだろうな……という謎の確信だけがあった。

しゅるしゅるという衣擦《きぬず》れの音に、想像力が膨らんでたまらない。

（店長でも五島《いつしま》さんでもいいから、乱入してきてくれませんかね……！）

しかし助けは来ない。

「あの」

話しかけられて、めちゃくちゃ狼狽《うろた》えてしまった。

「どどどどうかしましたか⁉」

「茉優《まゆ》さんは、どうしてメイドになろうと思ったんですか？」

緊張する茉優《まゆ》を気にして、話しかけてきてくれたのかもしれない。

「わ、わたしですか？　そ、そうですね……なんだか、わーっと楽しそうだったので……」

アホみたいな感想しか出てこなかった。

もう少し脳を働かせる。

「じゃ、じゃなくて。わたし、昔からかわいい女の子とか、かわいいものとか好きで……。アイドルになったのも、あ、わたしアイドルやってたんですよ……。恥ずかしいから検索はしないでほしいんですけど、その、かわいい服とか着たくて」

めちゃくちゃ要領を得ない話し方になってしまった。

茉優《まゆ》はたどたどしく答える。

「ハレの日とか、あるじゃないですか。お誕生日とか、卒業式とか、たまーに、自分が人生の主役なのかな？　みたいに勘違いできる日が。ああいうトクベツなことが好きで、トクベツかわいい服って、そういうのに通じている感じがして……」

聞こえてくる衣擦《きぬず》れの音を上塗りするみたいに、言葉を垂れ流す。

「だから、メイドって楽しそうだなーって思ったんですよ。実際やってみて楽しかったんですけど……まあ、その、お仕事なので、どうしてもトクベツはフツーになっちゃいますよね」

言ってしまってから、はたと気づく。

あまりにも夢がない。どう考えても、バイト初日の女の子に話すような内容ではなかった。

「わわ、すみません、わたしって自分のことばっかりで！」

「茉優《まゆ》さん」

振り返る。

メイドカチューシャを手にした楓《かえで》は、微笑《ほほえ》んでいた。

「トクベツになりますよ、きっとこれから。茉優《まゆ》さんの人生は」

「えっ……え……」

それはどういう意味だったのか。

楓《かえで》の笑顔に目を奪われて、茉優《まゆ》には問いただすことができなかった。

ただ、痛いほどに心臓が高鳴っている。

差し出されるままに、カチューシャを受け取る。

「つけてもらえますか？　茉優《まゆ》さん」

「う、うん。わたしでよければ……」

楓《かえで》が花のように笑う。

「茉優《まゆ》さんに、つけてほしいな」

楓《かえで》が目を閉じた。

前かがみになって、頭を傾けてくる。

茉優《まゆ》の手が震える。

彼女の細くて柔らかな髪の上に、そっとカチューシャを乗せる。

少女からメイドになった女の子は、顔をあげて微笑《ほほえ》んだ。

「ありがとうございます」

彼女は——なにもない茉優《まゆ》の日常に入り込んできた、あまりにもトクベツな非現実で。

茉優《まゆ》は自分の物語が、ゆっくりと動き出す予感を覚えていた。

＊＊＊

茉優《まゆ》はきょうもニッコニコだった。

——仕事が毎日毎日毎日毎日、楽しくて仕方ない！

アンブロシアに楓《かえで》が入ってきて、一週間が経《た》った。

モノクロだった茉優《まゆ》の世界は、くっきりはっきりと３３００万画素で色づいていた。

「おはようございまーす！」

「おはよう、茉優《まゆ》ちゃん」

しばらくは教育係と同じシフトということで、茉優《まゆ》が出勤するとお店には必ず楓《かえで》がいるのだ。

これが幸せじゃなければ、なにが幸せだというのか。

楓《かえで》はすでにメイド服に着替えており、甘く笑みを浮かべていた。なにやら貫禄《かんろく》じみたものまで備わっている。

この一週間で、茉優《まゆ》は楓《かえで》とずいぶんと親しくなった。連絡先も交換したしね！

知れば知るほど、楓《かえで》は完璧な存在であった。

尋常じゃなく顔がいいのは見ればわかるとして、物覚えがよく、物腰が柔らかく、その上なにげに度胸があるみたいで、フロアに出ても堂々としてくれているのが配点高かった。五億点オーバーだ。後輩としてこれほど心強い子はいない。

自分が『楓《かえで》さんに敬語で話されると緊張で手元が狂いそうになるので、タメ口でお願いします！』って頭を下げたことに関しても、快くオッケーしてもらえた。性格もいい。

今では茉優《まゆ》が楓《かえで》さん呼びで、楓《かえで》が茉優《まゆ》ちゃん呼びだ。

先輩メイドの威厳？　そんなものはない。最初からなかった。

「ふふふ」

「な、なんですか？　どうかしましたか？」

「ううん。ただ、いつ出勤しても茉優《まゆ》ちゃんがいて、嬉《うれ》しいなって」

「きょ、教育係ですからねー！」

心が通じ合っている嬉《うれ》し恥ずかしさで、茉優《まゆ》は目を線にするとタハーと笑った。

気分はまるで、王女に仕えるメイド。神に仕える天使のよう。

自分まで彼女の一部として魂の位があがったように思えてしまう。最高だった。

「それにしても、楓《かえで》さんが入ってから、お店も毎日忙しくなりましたねー！」

「そうなんだ」

「ええ、店長が毎日目を回してますからね。嬉《うれ》しい悲鳴ってやつですよ。ご主人様方も、楓《かえで》さんに『いらっしゃいませ、ご主人様（ニコッ）』されて前後不覚になった方々が大勢！」

「大げさすぎだよ。茉優《まゆ》ちゃんこそ、お辞儀の角度、すごくすてきだよね。私も真似《まね》してるんだけど、なかなかうまくいかなくて。今度、教えてほしいな」

「え、え、え、よ、喜んで！　あっ、それじゃあ着替えてくるので、またあとでお会いしましょうね！」

「うん、またあとでね」

お人形のように手を振る楓《かえで》の元から離れ、更衣室へ。

ひとりになった茉優《まゆ》は、はふぅと熱いため息をつく。

小学校の頃、先生に優しくしてもらった気持ちが蘇《よみがえ》る。

自分は、今思えばあれが人生のピークだった。

クラスのみんなが、先生のことを大好きだった。普段は先生と話すだけでも順番待ちだったのに、放課後たまたま迎えが来るのが遅かった自分は、先生と一緒に折り紙を折って待つことになった。ふたりきりでだ。自分がことさらトクベツな存在になれた気がした。

思えば、トクベツ信仰とはあの日の憧憬が形になったものなのかもしれない。

同じことを、楓《かえで》の隣でも感じる。ただ言葉を交わしただけで幸せになれる存在だ。

主人公にとってのヒロイン。あるいはヒロインにとっての主人公。楓《かえで》はまさしく、茉優《まゆ》にとってのトクベツであった。

（いやあ、罪ですね……。罪の味がしますね……）

楓《かえで》の隣りにいて、楓《かえで》の存在を感じるだけで、エンドルフィンが大量に分泌されているようだ。

（はー……口角しばらく戻らなさそ……）

更衣室で着替えながら口元をがんばって引き締めていると、誰かが入ってきた。

「ちょっと、朝川《あさかわ》」

「はーい！」

満面の笑みで振り返る。

「げ」

五島《いっしま》だった。

「なによ、げ、って」

「いえ、なんでも……」

日々を謳歌《おうか》する茉優《まゆ》に反比例するかのように、五島《いっしま》の機嫌は悪くなっていった。

だから、そのうち絡《から》まれるかな、とは思っていたのだ。むしろ一週間も耐えてくれたのは、よくもったほうだったかもしれない。

きょうは取り巻きがおらず、五島《いつしま》ひとり。

だからこそ不安だった。人の目がなくなった彼女がなにをしでかすのか、わからない。

とりあえずは、穏便に……。

「ど、どうしました？」

「アンタさ、新人が入ったウヤムヤでトイレ当番が流れたからって、調子乗ってない？」

「め、滅相もないです」

以前なら睨《にら》まれても『うっ、かわいいな』と感じてしまった五島《いつしま》の整った顔立ちが、楓《かえで》を見た後だと、単にガラが悪いだけのやつに思える。

楓《かえで》の存在はあらゆる虚飾をはぎ取っていった。美しすぎる罪だ。

ともあれ、五島《いつしま》に詰め寄られると、楓《かえで》とはまた違う意味で心臓がバクバクする。

「ねえ、あの神枝楓《かみえだかえで》ってやつさ」

「は、はい」

五島《いつしま》とはそれなりに長い付き合いだ。なにを言われるかは、だいたい想像がつく。

このままではアンブロシア人気ナンバーワンの座を奪われることを、危惧しているのだ。

その証拠に、最近何度か五島《いつしま》の視線を感じることがあった。彼女は決まって、じっと睨《にら》むような目で楓《かえで》を見つめていたのだ。

楓《かえで》はまだ研修中だから、萌《も》え萌《も》えじゃんけんやチェキなどを含むお客様の指名は受け付けていない。だが、それらが解禁となれば、一週間もかからず……いや、下手したら一日で五島《いっしま》は頂上から爆速転落してしまうだろう。

だからきっと五島《いっしま》は——。

「い、嫌がらせするんですか……？　楓《かえで》さんを辞めさせるために……」

きっと教育係である自分を取り込もうとしているのだ。

もし今までの弱気な茉優《まゆ》だったら、五島《いっしま》の鋭い眼光に怯《おび》えて寝返っていたかもしれない。しかし、茉優《まゆ》は声をあげた。

「そんなの、だめですよ！」

自分が嫌がらせをされるのなら、まだ我慢できる。

だが、楓《かえで》は本当にいい子なのだ。

あの子の顔を曇らせたくない一心で、茉優《まゆ》はなけなしの勇気を振り絞った。

「なに言ってんの？」

なのに、怪訝《けげん》そうな顔をされてしまった。

「あれ……？」

ぜんぜん違ったようだ。戸惑う茉優《まゆ》に、五島《いっしま》は顔を寄せてくる。

「ていうかさ……変わってよ、教育係」

「えっ？　まさかのそっち？」

五島《いつしま》は両手の指をもじもじと絡《から》ませながら、頬を染めた。

「当たり前じゃん……。てか、他に理由ないでしょ、あんなにかわいい子……。おうちで一緒にご飯作ったり、ショッピングとかいってみたいし……」

恋する少女のような声だ。

こんな五島《いつしま》、初めて見た。茉優《まゆ》はゾゾゾと身を引く。

「い、五島《いつしま》さんって、そっち系だったんですか……？」

「は？　なにそれ、意味わかんないんだけど、なに系？」

「い、いえ………」

アイドル時代には恋愛禁止の不文律があったため、女の子同士でそういう風になる子もいた。誰からも見向きもされなかった茉優《まゆ》には、関わり合いのない話だったけど……。

しかし驚いた。五島《いつしま》も楓《かえで》の魅力にすっかりやられていたとは。

そういえば五島《いつしま》は意外とオトメ趣味だった気がする。お店のSNSにアップしていた自室の写真は、ぬいぐるみだらけだった。

そんなかわいいギャップを見せつけられても、なんというか、困る。

五島《いつしま》は口を尖《とが》らせた。

「朝川《あさかわ》ばっかり仲良くなってさ……。ズルいでしょ。あんなかわいい子、いつまで独り占めしてんのよ。まじ腹立つ」

「あ、あう」

それについては、申し開きの余地がない。

たまたま自分の運がよかったから、お鉢が回ってきただけであって、彼女が不平等感を覚える気持ちはとてもよくわかる。

だって、今までずっと茉優《まゆ》は、顧みられない側だったから。

とはいえ、五島《いつしま》はやはり茉優《まゆ》とは違った。

ほしいものは力ずくで手に入れる、超肉食系の女だ。

「ああ、でも別に頭を下げて譲ってもらう必要なんてないか。アンタが辞めれば、自動的にアタシにチャンスが回ってくるんだものね」

五島《いつしま》の目が警告色に輝く。

それはさすがに、悪辣すぎやしないだろうか。

「ちょ、ちょっと待ってくださいよ！　そんなめちゃくちゃな！」

「自分でもわかってんでしょ。ふさわしくないってさ。朝川《あさかわ》なんかがあの子と仲良くなるなんて、誰がどう見ても似合わないじゃん」

グサッと刺さった。

ぶられる。

「そ、それは……」

楽しかった一週間の日々を否定されたような気分だ。

確かに、と五島《いつしま》の発言にうなずいてしまう自分もいて、ショックと困惑で激しく感情が揺さぶられる。

「よく考えておいてね。アタシとアンタ、どっちが神枝《かみえだ》と一緒にいるべきなのか。アンタみたいなのが間に入ってくるの、まじで興ざめだから」

ゾッとするような笑みだけを残して、五島《いつしま》はぽんと肩を叩《たた》くと去っていった。

「ど、どうしよう………」

とりあえず出勤時間になったので、動かないわけにはいかない。茉優《まゆ》は震える指でメイド服に着替えて、更衣室を出る。

すると事務室には、五島《いつしま》と談笑している楓《かえで》の姿が。

楓《かえで》は茉優《まゆ》を見ると「おかえりなさい」と、微笑《ほほえ》んで出迎えてくれた。

しかし、すぐに茉優《まゆ》の様子に気づいて首を傾《かし》げる。

「どうかした？　茉優《まゆ》ちゃん」

「えっ、いや、あの！」

楓《かえで》の隣を陣取る五島《いつしま》が、なにも言うなよ、と目を光らせた。

茉優《まゆ》だって、こんなドロドロの醜い争いに、楓《かえで》を巻き込みたくはない。

「な、なんでもないです！　ちょっとおなか痛くなっちゃって！」

「そうなんだ？　私、常備薬あるから、もってきてあげるね」

「い、いえ！　平気です！　ちょっと疲れちゃったのかな！　あははは……」

「……」

怪訝《けげん》な顔をする楓《かえで》に、五島《いつしま》が笑いかけてくる。

「ま、いいじゃん、朝川《あさかわ》のことはさ。それより神枝《かみえだ》って休みの日とかってなにしてるの？」

「えと、私は――」

ふたりの会話は、どこか遠い世界のことのように聞こえる。

――ああ、やっぱり今回もダメなんだ。

暗澹《あんたん》とした気持ちに胃が重くなり、ほんとにお腹《なか》が痛くなってきた。

楓《かえで》と五島《いつしま》が話しているトクベツな空間に、茉優《まゆ》には立ち入ることが許されない。

なぜなら茉優《まゆ》は、フツーの一般人だからだ。

運もなく、どこにいたって目をつけられて、望むものはなにひとつ手に入らない。それが茉《ま》優《ゆ》の人生だ。これまでもそうだったし、これからもきっとそうなるのだ。

今もどこかで宝くじに当せんしている人がいて、学校に通う芸能人の子供がいて、石油王に見初められて結婚する女性がいて。

けれどそれらはすべて、茉優《まゆ》ではない。茉優《まゆ》に順番が回ってくることはないのだ。

そっとふたりに背を向ける。せめて人の役に立つことをしよう。トイレ掃除とか……。

「あ、そうなんだ。アタシもそこのブランド大好きでさ、よかったら今度一緒に――」

「……」

とぼとぼと歩いていく茉優《まゆ》を押しやるように、五島《いつしま》の弾んだ声が響く。

だが、悲運はそれだけに留まらず。

――その日から、茉優《まゆ》を辞めさせるための、徹底的な嫌がらせが始まった。


かと思いきや、ぜんぜん始まらなかった。

五島《いつしま》はおろか取り巻きの西浦《にしうら》や夏木《なつき》なども、仕事の話以外は、まったく絡《から》んでこない。

日常は万事順調、平和そのものだった。

「なぜ……？」

数日後。茉優《まゆ》は休憩室でひとり、ぽつりとつぶやく。

「嵐の前の静けさ……？　余計に不気味なような……」

せめてもの悪あがきをと、徹底抗戦の構えは整えていた。

いくら小心者でも、ただではやられまいと、ボイスレコーダーや万が一のための痴漢撃退用スプレーなんてものも用意したというのに。

もちろん、使いたくてウキウキしていたわけじゃないから、何事もなくてよかったのだ。

……何事もなければ、の話だが。

「うーん……でも、あの性悪でしつこい五島《いつしま》さんが、なんにもしてこないなんてこと……」

うなりながら考えていると、隣の席に誰かが座ってきた。

五島《いつしま》だった。

「おつかれ、朝川《あさかわ》」

「ひぇっ」

飛び上がりかけた茉優《まゆ》を見て、五島《いつしま》はくすっと笑う。

「なに怯《おび》えてるのさ。なんにもしないよ」

「いや、あの……ええ？」

全力で身を引きながら、ポケットを漁《あさ》る。スプレーはロッカーの中だった。せめてもの半眼を向けていると、五島《いつしま》は遠くを見つめながら口元を緩ませた。

「確かにアタシは、性悪だったかもね……」

聞こえていた。人生が終わった音がした。アイドル時代のマネージャーが『キミはぁ……もう、ウチに、いらないかなぁ……』と苦笑いした声を思い出す。

だが、五島《いつしま》はまるで憑《つ》き物《もの》が落ちたかのようで。

「悪かったね、アンタにあんなこと言って」

「え⁉」

「アタシがどうかしてたよ。謝って許されることじゃないかもしれないけど……ほんとに、反省しているんだ」

「……悪いものでも、食べたんですか……？」

五島《いつしま》が言いそうにないセリフランキングがあれば、その上位から順番に制覇してゆく彼女。

十年ぶりに再会した元いじめっ子ならまだしも、五島《いつしま》に脅されたのはつい三日前の話だ。

それがこの変わりよう。どうしようもなくお人好《ひとよ》しの茉優《まゆ》は、五島《いつしま》の中身が入れ替わってしまったのかと、心配になった。

「ど、どうしちゃったんですか⁉　五島《いつしま》さんらしくないですよ⁉」

「やっぱり、人には優しくしなきゃいけないんだよな……」

「五島《いつしま》さん、大丈夫ですか⁉　意識はしっかりしていますか⁉　救急車呼びますか⁉」

「アタシは、あの子からそれを教わったのさ」

あの子。

たぶん、楓《かえで》のことだとは思う。

思うのだけど、意味はさっぱりだ。

すると「おつかれさま」と西浦《にしうら》や夏木《なつき》もやってきた。みんな同じような安らいだ顔をしていた。アンブロシアの指名一位から、三位まで。

否、もはや元一位から三位か。

「やっぱ、ギスギスした職場なんて嫌だよな」

「そうそう、仲良くしなくっちゃね」

「ラブアンドピースがいちばんっ」

目元が優しい。どことなく、メイクの傾向すら変わっているようだ。

「な、なんなんですか……？」

竜宮城から帰ってきた浦島太郎のような気分で、茉優《まゆ》は辺りを見回す。

すると、休憩室のドアがゆっくりと開いた。

姿を見せたのは、メイド服を着た楓《かえで》だ。その美しさには慣れるどころか、日ごとに磨きがかかっているような気さえする。

楓《かえで》は笑みを浮かべながら、小さく手をあげた。

「ああみんな、おつかれさま」

『お疲れ様でーす！』

茉優《まゆ》を含めた四人が声を揃《そろ》えた。

ハッとして、茉優《まゆ》が立ち上がる。こんなのぜったいにおかしい。

「あの、ちょっといいですか」

「なに？」

茉優《まゆ》は楓《かえで》の手を引くと、慌てて休憩室を出る。

ドアに背を預けたまま、声を潜めて楓《かえで》に尋ねた。

「五島《いつしま》さんたちになにかしたんですか？　楓《かえで》さん……」

「なにかってなに？」

楓《かえで》は本当にいつもとなにも変わらなかった。

「いや、だって、あの意地悪な継母《ままはは》みたいだった三人が……」

楓《かえで》がくすりと笑った。

「だったら茉優《まゆ》ちゃんは、シンデレラだね」

「そ、それはあくまでたとえ話であって！」

「私は茉優《まゆ》ちゃんを迎えに来た魔法使いさん役かな？」

おどける楓《かえで》に、それ以上なにも問い詰めることができなくなってオロオロしていると、だ。

楓《かえで》は止めた時を動かすように微笑《ほほえ》んだ。

「確かにちょっとお話はしたけどね」

「な、なにを、ですか……？」

「ただ、みんなで仲良くしようね、ってお願いしただけだよ」

まっすぐに目を見つめ返してくる楓《かえで》は、本当になにひとつ嘘《うそ》をついていないようだ。

茉優《まゆ》の頬がどんどんと熱くなってゆく。

「たった、それだけで……？」

「うん、そうだよ」

楓《かえで》の顔が近い。

「ほんとはみんな優しい人だって、わかっていたから」

神の御業《みわざ》に等しい美貌が、茉優《まゆ》のすぐ目の前にある。

手のひらに、手のひらを重ねられた。

「あ……」

柔らかい。彼女の体温を。彼女の息遣い。彼女の匂いを感じて、頭が陶酔する。

「ちょっとは、がんばったかもね。だって私、茉優《まゆ》ちゃんにこのお仕事を辞めてほしくなかったから」

「それって……」

「メイド服姿の茉優《まゆ》ちゃん、とってもかわいいし。それに、せっかく出会えたんだもん」

楓《かえで》の顔がさらに近づいてきた。髪が茉優《まゆ》の頬を撫《な》でる。

「そ、そんなの……、わたしも、そうです……もちろん……」

稲光のように輝く言葉を、追いかけるように紡《つむ》ぐ。

「楓《かえで》さんみたいな人には、初めて会いました。どこにも、わたしの人生で、こんなにトクベツな人とお近づきになれるなんてこと、ありませんでしたから……」

なぜだか泣きたくなるほど、胸が締めつけられた。

耳元に、吐息がかかる。

「私にとっては、茉優《まゆ》ちゃんこそトクベツなんだよ」

「え…………？」

人を溺れさせるセイレーンのような甘いささやきが。

茉優《まゆ》の中に、浸水してゆく。

「私は茉優《まゆ》ちゃんのこと、好きだから」

少しずつ、音が遠ざかる。

微笑《ほほえ》む彼女は、ただただきょうも、美しかった。

そしてさらにもうひとり。楓《かえで》に十日間遅れて、新たな美少女が現れる。

かくして、朝川茉優《あさかわまゆ》の精神はもう、しっちゃかめっちゃかにされてしまうのだ。

第三話

神枝　楓と久利山家の妖女

MARETSUMI

yuri ni hasamareteru
onna tte, TSUMI desuka?

神枝楓《かみえだかえで》は、悩んでいた。

朝川茉優《あさかわまゆ》を攻略する上での話だ。

当初の予定であるアンブロシアへの潜入工作は、極めて順調だった。

茉優《まゆ》の心を摑《つか》む際、どうしてもやらなければならないことは、彼女を取り巻く三人の籠絡《ろうらく》だ。すなわち、五島真矢《いっしままや》、西浦梨々子《にしうらりりこ》、夏木彩香《なつきあやか》である。

そこで楓《かえで》は個人的に三人と接触し、その心をこじ開けることにした。

役に立ったのは、すみれの集めてくれた資料だ。朝川茉優《あさかわまゆ》について組員の力を借りることはできないと決められていたが、彼女たち三人はその範疇《はんちゅう》に含まれていない。そのため、楓《かえで》は大いに三人の個人情報を有効活用した。

そうして、たやすく先輩方を籠絡《ろうらく》したのだ。

脅しだのなんだのをしたわけではない。本当にただお喋《しゃべ》りをして、共感して、少し一緒に遊んだぐらいだ。

結局、異性相手も同性相手も、信頼を得るまでの工程は大して変わらない、と楓《かえで》は実感した。学んだことのほとんどは、女性相手にも効果てきめんだった。

これでもう、朝川茉優《あさかわまゆ》への道を邪魔するものはいない。

すべては順風満帆に進んでいる……はずであった。

「お待たせいたしました。ハッピーポップオムライスと、オレンジジュースのセットです、ご主人さま」

　男性のグループ客にメニューを提供し、楓《かえで》はにっこりと微笑《ほほえ》む。

「それでは、ケチャップをかけさせていただきますね」

　テーブルの上にあったお願い用紙を確認し、楓《かえで》はきゅぽっとケチャップボトルのキャップを開いた。

　あらかじめご主人様になんて書いてほしいかを記入してもらい、その通りにケチャップをかけるサービスだ。たまに『魑魅魍魎《ちみもうりょう》』とか書かせたがったりする意地悪なご主人様もいるらしいが、今回はオーソドックスなオーダーだった。

「おいしくなあれ、おいしくなあれ」

　楓《かえで》は赤ん坊に哺乳瓶をあげる聖母のような微笑《ほほえ》みで、『メイドより愛を込めて』と描く。

「できあがりました、ご主人さま」

　男性客はぽーっと楓《かえで》に見惚《みほ》れていた。

　重ねて「ご主人さま？」と問うと、はっと気づいて顔を赤らめながらお礼を言ってくる。

　楓《かえで》の接客したご主人様は男女問わず八割がこのような反応だ。残りの二割は『うわ～……やば～……』と鳴くだけの生物になっていた。

　もし厄介な客に当たったときは、すぐにベテランのスタッフを呼ぶようにと言い含められていたが、幸運にも楓《かえで》は優しいご主人様に恵まれている。

あるいは、楓《かえで》を前にすると、邪念すらも消し飛んでしまうのかもしれない……とは、店長の弁だ。

客の少なくなってきたタイミングで、30分の休憩を言い渡された。休憩室に向かう途中、バックヤードで茉優《まゆ》とすれ違う。

「あっ、楓《かえで》さんっ」

茉優《まゆ》は立ち止まって、楓《かえで》の顔を覗《のぞ》き込《こ》んでくる。

「ど、どうですか？　なにか困ったことありますか？」

困ったことはある。だがそれは、茉優《まゆ》にだけは相談できない内容だ。

「今のところは、大丈夫だよ。アルバイト、楽しいね」

「そ、それはよかったです！」

実際、メイド喫茶の仕事は楽しい。接客もそうだし、アルバイト仲間とのお喋《しゃべ》りもそうだ。

ここでは自分は、ごく当たり前の一般人として扱ってもらえる。

フツーの女の子として過ごすのは、気が楽だった。重い荷を半分降ろしたような解放感がある。

特に茉優《まゆ》だ。彼女がターゲットであることはもちろん忘れていないけれど——今ではすっかり親しくなって、気兼ねせず話しかけられるようになった。

ただ、それが問題だった——。

楓《かえで》は茉優《まゆ》をちょいちょいと手招きする。

茉優《まゆ》は一切警戒せず、「?」を頭に浮かべながら、まんまと楓《かえで》のパーソナルスペースに入り込んできた。

そこを捕まえる。

「よしよし」

「あっ……うぅ〜……?」

頭を優しく撫《な》でると、茉優《まゆ》は肩をすくめて縮こまった。

さらさらの髪は、おろしたてのワンピースの滑らかさと同じだ。

(かわいい)

掛け値なしにそう思う。

五島《いつしま》たちから茉優《まゆ》を助け出して以来、彼女は楓《かえで》に全幅の信頼を置いてくれている。

学校でも正体を隠して過ごしている楓《かえで》は、これまで組員以外とまともな会話をしたことがない。だから茉優《まゆ》の無防備さは、初めて買ってもらったぬいぐるみのように、楓《かえで》の心をグッと掴《つか》んでいた。

一応エージェントとして潜入している身だから自制はしているものの、楓《かえで》は茉優《まゆ》がかわいくて仕方ない。

年の離れた妹が生まれたら、きっとこんな気持ちになるのだろう。

「こちょこちょ」

「えっ、あっ……な、なんですかぁ？　これ〜……」

さらに指先を動かして、茉優《まゆ》の顎先をくすぐる。

茉優《まゆ》はこそばゆさに顔を赤らめて腰を悶《もだ》えさせるも、まるで抵抗してこなかった。

（これは……）

うぬぼれでもなんでもなく、はっきりとした好意を抱かれているのを感じる。

だからこそ、楓《かえで》は思い悩む。

（もう、オチているんじゃないの……？）

わからないのだ。

茉優《まゆ》が、というか、女同士が。

例えばこれが男女間のやり取りならどうだろう。

人によって違いはあれど、この距離でスキンシップを取れる関係性なら、告白しても十中八九は成功するだろう。

顔周りに触れるというのは、手や肩に接触するのとは、また違った意味をもつ行為なのだ。

なのだけど、こと女同士にフォーカスを絞ると、また話が違ってくる。

女子は人前で抱き合うことにも抵抗を覚えない人種がいて、茉優《まゆ》もその類だろう。

（わからない……）

勝負の決着方法は、茉優を自宅に連れ帰ってくること。

その際、彼女を『恋人です』と母に報告し、茉優からの同意を得ることだ。

なのだが……。

じっと茉優《まゆ》を見つめていると、彼女は居心地悪そうにたじたじと髪を整えていたりして。

この感じ、なにかに似ているな、と楓《かえで》は思う。

（……組員のみんなみたい）

つまり、ボスの娘とボスの部下。

それは『敬服』であって、まず間違いなく恋愛感情ではない。

心を奪うとはどういうことか、恋愛感情とはなんなのか。まるで袋小路《ふくろこうじ》に入り込んでしまったみたいだ。

（女同士って、どうすれば確証が得られるの？）

楓《かえで》は思わぬところでつまずいていた。

「ねえ、茉優《まゆ》ちゃんって私のこと、好き？」

「えっ!?」

いっそ正面から聞いてみると、茉優《まゆ》は顔を真っ赤にしてめちゃくちゃにうろたえるばかり。

「す、す、すす好き、ですけど!?」

（………わからない）

この発言が、茉優《まゆ》の一世一代の告白だったとしても、楓《かえで》に真意を図る術はない。

楓《かえで》は諦めて、ため息をつく。

「茉優《まゆ》ちゃんって、誰にでもそんなこと言うの？」

「あれっ⁉　なんかわたしが責められてます⁉」

プロとして、楓《かえで》は忸怩《じくじ》たる思いを抱えていた。

（だけど、まあ……現状は、悪いってわけでもないか）

これはタイムアタックではなく、勝負なのだ。

つまり、対戦相手がいるということで。しかも相手は未《いま》だ姿を見せずにいる。

自分の一挙一動に敏感に反応し、まるで媚《こ》びるような笑みさえ浮かべてくる茉優《まゆ》を前に、楓《かえで》は他の女のことを思い浮かべる。

（悪いけど、もう終わったよ。火凜《かりん》）

今さら久利山《くりやま》組が出てきたところで、立ち入る隙は、ない。

（ここから逆転するなんて、よっぽどじゃないと……）

そのときだった。

裏口が開いた。光が差し込んでくる。

逆光の中、気だるそうにひとりの少女が現れた。バッグを肩にかけた彼女は、あくびを嚙《か》み殺《ころ》すような間延びした声で「おはよ～ございま～す」と告げてきて。

そして。

ぱちっと花火が弾《はじ》けるみたいに、目が合った。

彼女は大切な人を迎えにきた少女のように顔をほころばせる。


「楓《かえで》～～～～～～～～～～～♡」


凄《すさ》まじい速度で駆けてきたなにかが、楓《かえで》の首筋に抱きついた。

「うぇっ――」

楓《かえで》の口から、美少女にあるまじき声が出る。

向こうがその気なら、頸椎《けいつい》をへし折られてもおかしくないほどの勢いだ。

さすがに衝撃を受け止めきれず、もろとも後ろに倒れる。

のしかかってきた彼女は、にっこりと笑った。

「久しぶり！　楓《かえで》、元気してた？」

「――火凜《かりん》」

久利山火凜《くりやまかりん》。

笑う彼女の瞳の奥は、決して揺れず、楓《かえで》だけを映していた。

「待ってた？　楓《かえで》」

にやりと火凜《かりん》が笑みを濃くした。

腰の上にまたがって、のしかかってくる火凜《かりん》を、楓《かえで》は手で押し返す。

「ぜんぜん。あなたが来ないから、もう諦めたのかと思ってた。ていうか、どいてよ」

「あはは、笑えるそれ。諦めるって負けるってことじゃん」

火凜《かりん》は顎にピースサインを当てて、にいっと笑う。

「きょうからあたしもここで働くことになったから、よろしくね、楓《かえで》。幼馴染《おさななじみ》同士、また仲良くしようよ」

――また仲良く。

彼女と仲が良かったことなど一度もないと心の中でうめきながら、楓《かえで》は視線を逸《そ》らした。

「……よろしく」

その傍《かたわ》ら。

火凜《かりん》が楓《かえで》にまたがっているのを目撃した茉優《まゆ》は「あわわわわわ、美少女が美少女と美少女同士で美少女…………！」と震えていた。

「ええ⁉　じゃあ、楓《かえで》さんと火凜《かりん》さんって、子供の頃からのお知り合いなんですか⁉」

休憩中。茉優《まゆ》とともに、三人はテーブルを囲んでいた。

薄汚れた休憩室の中にいても、火凜《かりん》は嫌になるほど綺麗《きれい》で、その場の支配者のようだった。楓《かえで》が妖精なら、火凜《かりん》はまるで小悪魔だ。ふたりはどちらも可憐《かれん》で美しく、しかしまったく別のコンセプトで描かれた宗教画じみている。

火凜《かりん》の艶《あで》やかな髪は光に透けるほど細く、彼女自身を輝かせていた。好奇の色に満ちた瞳は、ぱちぱちとコミカルに動き回る。全体的な印象は、人間を堕落させるために派遣された悪魔みたいで、そのすべての仕草が寵愛《ちょうあい》を誘うかのように妖艶《ようえん》だった。

小生意気な愛嬌《あいきょう》で全身をパステルカラーにコーティングしながらも、時折漏れ出る色気はあまりにも濃厚。関わったら火傷《やけど》じゃ済まされなさそうな底知れなさをも自覚し、彼女は自分自身の魅力をコントロールしているのだろう。

ぜんぶひっくるめて——楓《かえで》が嫌いな久利山《くりやま》火凜《りん》、そのものであった。

「そうなんだよねー。いやあ楓《かえで》って昔っから、お人形さんみたいにかわいくてね」

「へえー！」

「……」

子供時代の話に目を輝かせる茉優《まゆ》の隣で、楓《かえで》はツンとそっぽを向いていた。

火凜《かりん》は口元に手を当てて、そんな楓《かえで》を試すように笑う。

「あれー？　楓《かえで》はこの話、嫌だったー？」

「別に。なんでもいいよ」

「でも思いっきり態度に出ているよねー？」

本当に鬱陶しい。今すぐ髪を引っ張って床に叩《たた》きのめしてやれば、少しは気が晴れるのかもしれない。

ただその場合、一時の衝動と引き換えにするものはあまりにも大きい。ハニートラップ勝負は自分の負けだ。家族も組もないがしろにして、楓《かえで》は火凛《かりん》に一生勝てないと思い知らされてしまうだけだろう。

だから、わざわざ火凛《かりん》の手に乗ってやることはない。

（どうせ、茉優《まゆ》ちゃんは私のことが好きなんだから。今さらあなたがきても、遅いんだよ）

あちこち火凛《かりん》が引《ひ》っ掻《か》き回《まわ》そうと、電車で騒ぐ子供のように、気にしなければいいのだ。

「ま、昔っから、あたしも楓《かえで》も友達が少なくてさ。親同士が知り合いだったから、しょっちゅうお互いの家に行き来してたね。でも、親が話してるのって子供には退屈じゃない？　だから、それで仲良くなってったんだー」

「へえー！　いいですね、そういうの！」

火凛《かりん》は茉優《まゆ》の興味を惹《ひ》くためにか、楓《かえで》の思い出話を続けている。

茉優《まゆ》はきっと田舎の親戚づきあいのような和やかな宴会を想像しているのだろう。

和やかな宴会がなかったわけではないが、実際は神枝《かみえだ》組と久利山《くりやま》組の物騒な話し合いが主である。それについては、火凛《かりん》もわざわざ喋《しゃべ》ったりはしないようだ。

火凜《かりん》はテーブルに肘をついて、過去を懐《なつ》かしむ。

「あの頃はいっぱい遊んでたんだけど、だんだん疎遠になっちゃってねー。おかげであたしはずーっと退屈のまんま。あーあ、寂しかったなー？」

「そうだね」

これみよがしに話を振られ、楓《かえで》は顔を背けたまま髪をいじる。

まともに相手をする必要なんてない。曖昧に受け流すのだ。

ふたりに挟まれた茉優《まゆ》がずっと、目を輝かせているのが救いといえば救いだ。

「でも、そこでわざわざ楓《かえで》さんと同じアルバイトを選ぶなんて、火凜《かりん》さん、よっぽど楓《かえで》さんのことが好きなんですね！」

火凜《かりん》はにっこりと百点満点の余所《よそ》行《い》きの顔で笑った。

「あーやっぱり伝わっちゃう？　実はそうなんだ、あたし、楓《かえで》のこと大好きだからさー」

楓《かえで》の腕に、火凜《かりん》が腕を絡《から》めてくる。

背筋がぞわりとする。

「ちょ、ちょっと」

「もうこれからはいつでもどこでも一緒にいたいっていうか！　片時も離れたくないっていうかー！」

「わー」

これが映画広告なら、二大女優の競演と銘打たれるだろう。

対照的な美少女同士の寄り添うさまに、茉優《まゆ》は感動しながらスマホを取り出す。

「ちょ、ちょっと写真撮ってもいいですか？」

興奮した面持ちの彼女に、火凜《かりん》は指でオッケーを作った。

「かわいく撮ってね！」

「現物以上はムリですよぉ」

「ほらほら、楓《かえで》も笑って、笑って」

火凜《かりん》が隣から楓《かえで》の顔を覗《のぞ》き込《こ》んでくる。

楓《かえで》は石化が解けたみたいにハッとした。

火凜《かりん》が無理矢理に頬を引っ張って、笑顔を作ろうとしてくるその白い指先を。

楓《かえで》は、振り払った。

「やめてっ」

反射的に動いた後で、自分がなにをしたのかに気づく。

茉優《まゆ》は心配そうな目で、こちらを見つめていた。

「楓《かえで》さん……？」

失態だ。自分は、プロなのに。

「ちょっと楓《かえで》ー」

しかし落ち込む前に、楓《かえで》は立ち上がった。

これ以上、火凜《かりん》に感情を逆撫《さかな》でされたら、次はなにをしてしまうかわからない。

「ごめんね、汗かいてるから、あんまり触られたくなくて……。制汗剤取ってくるね」

とっさの言い訳にしては、口が勝手に動いてくれた。

鼓動がうるさい。

楓《かえで》は更衣室に逃げ込んだ。


心を鎮《しず》めるために、何度も深呼吸を繰り返す。

「なんで、こんな……」

楓《かえで》は端整な顔を歪《ゆが》めてうめく。

拒絶反応が、昔よりさらに顕著になっている。

あれから時間も経《た》って、もうお互い17歳になったというのに。

「……こんなんじゃ、任務に支障をきたしちゃう……。せめて平気なフリをしないと……」

自分に言い聞かせる。

「茉優《まゆ》ちゃんの前だからって、最近、気を抜きすぎてたかな……」

最優先は任務だ。優先順位を間違えてはならない。

ガチャリとドアが開いて、誰かが追いかけてきた。

「朝川茉優《あさかわまゆ》。写真で見るより、かわいい子じゃん？」

「……」

火凜《かりん》だ。

その顔に浮かぶ微笑《ほほえ》みに、色はない。ただ貼りついているだけの笑顔だ。

「ていうかさ、久しぶりじゃん、楓《かえで》。なにしてた？　処女もう無くした？」

下品な物言いに、心を揺さぶられる。

それがこの女の手だ。楓《かえで》は下っ腹に力を込めて火凜《かりん》を見返した。

「わたしはこれが初めての仕事だよ。そっちだってそうなんでしょ」

「ま、ね。もう奇跡みたいに清い体のままだよ。屋敷《やしき》では家事手伝いとしてこき使われてるけどさ」

火凜《かりん》は肩をすくめた。

「しっかし、ちょっと見ない間に、あんたはずいぶん生意気になったもんだねー。あーあ、あのかわいかった頃の楓《かえで》はどこにいったんだか。『火凜《かりん》ちゃん、火凜《かりん》ちゃん～♡』ってさー」

「勝手に記憶を改ざんしないで。あの頃だって、顔を合わせればケンカばっかりだったでしょ。脳みそ、都合よすぎ」

茉優《まゆ》がいなければ、反撃だってできる。

「そもそも、仲良かったってこと自体が間違い。私たちが顔を合わせた回数なんて、せいぜい年に数回。それだって小学生まででしょう」

「そうだねー、誰かさんがあたしから逃げ回っていたせいで？」

「相手にしたくなかっただけ」

ばっさりと切り捨てられたのに、火凜《かりん》は先ほどよりも楽しそうに目を細めた。

被虐趣味でも入っているのか？　やるなら勝手にひとりで楽しんでほしい。

「これからは同僚なんだから、もうちょっと愛想《あいそ》よくできないわけ？　楓《かえで》は笑った顔のほうがかわいいよ」

「あなたにそんなことを言われると寒気がするから、もう二度と笑わないことにするね」

「でも澄まし顔も、怒った顔も、魅力的かな」

「………………」

ロッカーに背を預けていると、火凜《かりん》も着替えを始めた。

誰かに奉仕することが誰よりも似合わない女が着るメイド服は、しかし寒々しいほど似合っている。まるで火凜《かりん》の罪深さを助長しているかのようだ。

彼女はスカートの裾をつまんで、カーテシーのように膝を軽く曲げた。

「どう？　似合うでしょ」

「自分で言うの？」

「そりゃあ、自信あるもの。楓《かえで》もなかなかだけれど、さすがにあたしには勝てないね」

鍵をかけていたはずの記憶の引き出しが、ぐらぐらと揺れる。

昔からそうだ。顔を合わせるたびに、火凜《かりん》はマウントを取ってきた。

まるで玩具を弄《いじ》る猫のように。

時には泣くまでからかわれたこともあった。

楓《かえで》は同い年で早熟だった火凜《かりん》が苦手で嫌で、挨拶回りにもついていかなくなったのだ。

（ほんと、やだ……）

大人になったはずなのに、そうではないと眼前に刃を突き付けられているようだ。

美しく笑う火凜《かりん》は、楓《かえで》の目から見ても完璧な容貌を実現させていた。火凜《かりん》を突き放すためにしていたはずの努力は、ひょっとしたら彼女にとっては亀の歩みに過ぎなかったのかもしれない。

だが、それでもだ。

尻尾を巻いて逃げ出すような真似《まね》は、できない。

家族のため、組のため。そして――勝利のために。

決着をつけるのだ。臆病者だった自分自身にも。

楓《かえで》は火凜《かりん》を見据える。

「冗談」

胸に手を当てて、睨《にら》むのではなく。

楓《かえで》は――微笑《ほほえ》んだ。

「私のほうが、よっぽどきれい」

火凜《かりん》が息を呑《の》む。

当然だ。火凜《かりん》がどれほどの相手であっても、楓《かえで》が自身の努力を否定する必要はない。そうあるように育てられ、神枝《かみえだ》家のみんなが自分を作り上げてくれた。その集大成こそが、神枝楓《かみえだかえで》だ。

胸を張る楓《かえで》に、火凜《かりん》は初めて、心からの笑みを浮かべた。

「うん……。やっぱり、楓《かえで》だ」

「……なに？」

火凜《かりん》は後ろ手を組んで、ふるふると首を横に振る。

「楽しくなってきた、ってこと。楓《かえで》が腑抜《ふぬ》けていたら、それこそどうしちゃおうかって思ってたんだよね」

「そっちこそ、一万倍うざくなってる」

「笑える。吠《ほ》えるの好きだね、わんちゃん。あたしが躾《しつ》け直してあげようか？」

頭を撫《な》でられそうになって、楓《かえで》はその手を拒絶した。

「相手、間違えてるよ。私たちが落とすのは、茉優《まゆ》ちゃんでしょ」

「んー」

火凜《かりん》は体を揺らすと、楓《かえで》の後ろを指さした。

「あー、なにあれ?」

「うん?」

楓《かえで》が肩越しに振り返る。

その直後だ。

火凜《かりん》は、楓《かえで》に正面から抱き着いてきた。

「ちょっ、なに」

柔らかな四肢が絡《から》みつく。

全身が粟立《あわだ》つような感覚。

「あー……ほんと、細くて、しなやか。顔の造形はパーフェクトで、口さえ開かなければ、最っ高の女の子」

「やめ」

乱暴に振りほどこうとして、制服を汚すかもしれないと、楓《かえで》は手を止めた。

「力を入れたら、まるで壊れちゃいそうで……。ねえ、楓《かえで》。あたしね、今回の勝負に勝ったら、なんでもひとつ言うことを聞いてもらえるんだよ」

「離して、よ」

火凜《かりん》の片手が、楓《かえで》の胸をまさぐってきた。

本気じゃないのはわかっている。ただ、楓《かえで》に不快感を与えるためだけにやっているのだ。

「あたしね、楓《かえで》を頂戴、って言うんだ」

「──なに、それ」

唖然《あぜん》とした。

「できるわけない。いくら久利山《くりやま》組でも」

「そう思う？」

火凜《かりん》が首筋に顔をうずめてくる。

楓《かえで》はかすれた声で返した。

「当たり前、でしょ」

「うん、嘘《うそ》」

「……は？」

「そんな約束してないよ。勝負に勝ったらお願いを叶《かな》えてもらえるっていうのも嘘《うそ》。だけどさ、ほんとにできないと思う？」

「できない。できるわけない」

楓《かえで》は頑《かたく》なに首を振った。

だって。

「私はもう、こういうのから卒業して、フツーに生きていくんだから──」

楓《かえで》は火凜《かりん》に突き飛ばされた。

ロッカーに背中をぶつける。痛みはなかったが、衝撃に驚く。

「いきなり、今度はなに……」

「なに言ってんの、楓《かえで》」

火凜《かりん》の目には、憎悪《ぞうお》の火が灯《とも》っていた。

「離れられるわけないでしょう。あたしたちが組から。勝手なことを言わないで」

「できるよ。お母さんが言ってくれたもの」

「え……」

そのときの変化は、楓《かえで》が見たことないものだった。

火凜《かりん》は表情がすべて抜け落ちたような顔で、楓《かえで》を見つめる。

「なんで」

「……なんで、って」

言葉に詰まる。

「と、とにかく、私はフツーになるの。友達を作って、放課後一緒に遊びにいったり、アルバイトしたり……。だから、邪魔しないで」

火凜《かりん》の顔が歪《ゆが》む。一生懸命、嘲笑しようとがんばっているような顔だった。

「——」

「……そんなの、なれるわけないじゃん、楓《かえで》がフツーに？　最悪すぎて笑えてくるでしょ。どこいったって浮くに決まってる」

「火凜《かりん》にだけは言われたくない」

「あたし以外の誰がほんとのことを突き付けてくれるっていうの？　どうせ組の人だって無責任に甘いこと言っているだけ。楓《かえで》はフツーになんてなれない。ぜったいになれない！」

「なれる！」

　まるで子供のケンカのようだ。ふたりは息を切らしながら言い合う。

　ガチャリとドアが開いた。

「あ。あのー、火凜《かりん》さんが着替え中だから、なるべく入らないようにしていたんですけど……なんだかすごい音がしたので心配になりましてー……」

　おっかなびっくりと、茉優《まゆ》が顔を覗《のぞ》かせてくる。

　楓《かえで》と火凜《かりん》は互いに胸倉を摑《つか》むようにしていたが、茉優《まゆ》の位置からでは、抱き合っているように見えたかもしれない。

「えっ、えっ⁉」

「茉優《まゆ》ちゃん、これは」

「えっ⁉　あの、えっ⁉　更衣室で真昼間から、こんな⁉」

　案の定の誤解だ。茉優《まゆ》は口元に手を当てながら、顔を真っ赤にしていた。

なにか弁明をしなければならない――と焦《あせ》った楓《かえで》の代わりに。

あはっ、と火凜《かりん》が笑った。

「どう？　フロアでする百合《ゆり》営業の練習。こういうのありかな？」

よりにもよって、なんという言い訳。

楓《かえで》は奥歯を噛《か》みしめて、その手を振り払う。

しかし純粋な茉優《まゆ》は、生きのいい海老《えび》みたいに、ばたばたと首を縦に振っていた。

「さ、最高だと思います！」

＊＊＊

楓《かえで》が初めて久利山《くりやま》家の屋敷《やしき》を訪れたのは、小学校の低学年。雪の降る朝のことだった。

神枝《かみえだ》の家にも勝るとも劣らないほどの、大きな屋敷《やしき》。

母親に促され、大人たちに行儀よく挨拶を交わしたのを覚えている。

家族以外の人たちに、かわいいかわいいともてはやされるのは、気分がよかった。

けれど一通りお披露目が済んでしまえば、あとは完全に手持ち無沙汰で。

そんなとき、同年代の女の子を見つけた。

『こんにちは』

楓《かえで》が声をかけると、髪を後ろにまとめた女の子はちょっと驚いて、それから『こんにちは』とあいさつを返してきた。

女の子は人見知りをするみたいで、しばらく楓《かえで》とふたり、ぼんやりと近づくこともなく離れることもなく立ちっぱなしだった。

『ええと……ここの家の子？』

『うん、たぶん。あ、えっと、そう』

『そうなんだ。じゃあ、遊ぶ？』

『えっ？　いいの？』

『たぶん』

同じように、たぶんを繰り返して、ふたりで笑った。

それは初めてできた、年の近い友達だった。

手を繋《つな》ぎながら早速、部屋まで招待された。

少し強引なエスコートだったけれど、まあいいかと思って。

『ねえ、花札ってやったことある？』

『ううん』

『じゃあ、教えてあげる』

彼女の笑顔は優しそうに見えた。

もしかしたら仲良くなれるかもしれない、なんて甘いことをそのときは思っていた。

だが、大人しいと思っていた彼女が、実は厄介な子だと気づいたのは、それからしばらく経《た》ってのことだった。

小さな手に握られた札が、座布団《ざぶとん》の上の札に叩《たた》きつけられる。

『はいハナミザケー！　あたしの勝ちー！』

『……あと一枚で、サンコウが完成したのに……』

教えられたルールにのっとって対戦するも、連戦連敗の山。

納得いかないのは、負けるにしても歯が立たないわけではなく、必ずほしいと思っていたものを目の前でかっさらわれて負けるのだ。

『花札はね、取り合いのゲームなんだよ。現実と一緒だって、あの人が言ってた。楓《かえで》も、大人になればわかるかもね』

楓《かえで》はもともと人と争ったり、競い合ったりすることが好きではなかった。

だから、対戦以外のゲームがやりたかったのだ。

けれど、目の前の女の子が自慢げに笑っているのが悔しくて、つい『もう一回、もう一回』と繰り返してしまう。

一度でいいから彼女に参ったを言わせたくて。

『そっちがそのつもりなら、今度はこっちが奪うから』

『できるもんならやってみてよ。ふふっ』

何度も何度も挑んだ。

季節は巡り、年を重ね、それでもずっと勝てなくて。

小学生も高学年になれば、お互いそれなりに手も足も伸びて、女らしい体つきに近づいてゆく。

火凜《かりん》はすでに中学生にも、あるいは高校生にも見えるような大人びた表情をしていて、その当時から目が覚めるほど綺麗《きれい》だった。

会合に出れば、多くの男をかしずかせるような振る舞いを見せることもあり、楓《かえで》はこの頃、火凜《かりん》が自分と同じように育てられたエージェントなのだと知った。

『ねえ、楓《かえで》。きょうこそはあたしに勝ってみせるんでしょ？』

舌の上で飴《あめ》を転がすように、火凜《かりん》が言ってくる。

『もちろん』

いつものように彼女の部屋で、座布団《ざぶとん》を挟んで向かい合う。

火凜《かりん》はあぐらをかいており、脚に頬杖《ほおづえ》をついて、楓《かえで》の顔を涼し気に眺めていた。

白く長い脚が目に飛び込んできて、楓《かえで》は思わず目を背ける。

火凜《かりん》はいつもより深く、楓《かえで》を挑発してきた。

『だったらさ、賭けようよ』

『……なに、それ』

『勝ったほうは負けたほうに、なんでもいいからひとつだけ、命令できるの』

『なんでも？』

『そ、なんでも』

火凜《かりん》の艶《あで》やかな瞳には、妖しげな光が浮かんでいた。

『どう？』

『それは』

『きょうこそ勝つんじゃなかったの？』

『……わかった。やろ』

そして楓《かえで》は──。

その日を境に、二度と久利山《くりやま》家を訪れることはなかった。

さんざん、やり込められた記憶ばかりが蘇《よみがえ》る。

（そうだ、嫌いだった。ずっとずっと、嫌いだったんだ）

メイド喫茶でのバイトが終わり、着替えた楓《かえで》は更衣室から出た。

（すぐに調子に乗って、弱いものいじめを楽しんで……。今度こそぜったいに負けない）

普段の楓《かえで》は、なにかに怒ったり、悲しんだり、己の素を見せることは滅多にない。

それは薄皮一枚隔てて自分と周囲を客観視することが癖になってしまっているからだ。生まれつきの容姿や血筋によって楓《かえで》には、学校でも、家でも、常に大きな権限が与えられていた。それはまるで、現代に生きる王族のような立場だ。

どんな場所でもトクベツに扱われてしまう自分は、どんな風に振る舞えばその場の最大幸福となるのか、常に図られた。

いつしか楓《かえで》は周囲を慮《おもんぱか》って過ごすことが当たり前となり、だからこそ個人の感情は封じ込められていった。

そんな日々とは、もうおさらばだ。

楓《かえで》は新しい人生を生きる。そのために悔いを残さないように戦うのだ。

(火凜《かりん》に振り回されすぎ……。これは、私と茉優《まゆ》ちゃんのことなんだから。ちゃんと、茉優《まゆ》ちゃんのことを考えないと)

楓《かえで》が火凜《かりん》に負ければ、神枝《かみえだ》組のみんなが不幸になる。

神枝《かみえだ》組はずっと久利山《くりやま》組の下に置かれ——それはつまり、楓《かえで》も火凜《かりん》に見下され続けるということだ。

あんな女のせいで自分たちが敗北者の汚名を着せられるなど、あってはならない。

(茉優《まゆ》ちゃんに、私を恋人だと認めさせて、お母さんの下へと連れてゆく——)

帰る前、茉優《まゆ》に一声かけていこうと足を動かす。

そんなとき、声がした。

「だからさ」

どこにいても、火凜《かりん》の声はよく響いてきた。

嫌な予感がした。早足で向かう。

出入口の壁際《かべぎわ》に押し付けられた茉優《まゆ》が、火凜《かりん》を見上げている。

柔らかな頬は上気していて、大きな瞳は夢見るように潤んでいて。

「――付き合おうよ、あたしたち」

「か、か、か、い、い、い」

そんなはずないのに。楓《かえで》は、茉優《まゆ》を見つめているはずの火凜《かりん》と目が合ったような気がした。

（え――）

また、奪われるのか。

楓《かえで》は啞然《あぜん》と、立ちすくむ。

（そんなの）

だが、すぐに一歩を踏み出す。

（――許さない）

あのころと違うというところを、見せつけてやる。

第四話

百合に挟まりつつある女

MARETSUMI

yuri ni hasamareteru
onna tte, TSUMI desuka?

MARETSUMI

茉優《まゆ》は呆然《ぼうぜん》としていた。

今、火凜《かりん》がなにを言ったのか、ぜんぜんわからない。

いや、わかるのだけど。わかるのだけど、わからない！

だから、ばかみたいな面を晒《さら》してしまう。

「いや、あの、えと……」

「ああ、ごめんごめん、いきなりで混乱させちゃったよね」

猫のように目を細めて、火凜《かりん》は微笑《ほほえ》む。

「茉優《まゆ》って、一目惚《ひとめぼ》れって信じるタイプ？」

「え、ええ？」

「なんか茉優《まゆ》って、あたしが昔飼ってた犬に雰囲気が似てるんだよね」

「い、犬」

茉優《まゆ》は話のスピードにぜんぜんついていけてなかった。

「一緒にいると落ち着くっていうか、胸がぽかぽかして幸せになってくるっていうかさ。あー
なんかこの感じ、好きー、みたいな」

口角のあがった火凜《かりん》に、熱っぽいまなざしで見つめられる。

「こ、これって……。え、なんですか……？」

火凜《かりん》はにんまりと近づいてきた。

「告白だよ」

「こっ……こくは……」

茉優《まゆ》の人生において、初めての告白だった。

中学生時代、友達が『〇〇くんに告白しようと思って』と頬を染めながら相談してきた思い出がフラッシュバックする。

あのときの茉優《まゆ》は、自分はさも恋愛の達人です、という顔でアドバイスをしていたのだ。

あれから約十年経《た》って、ようやく茉優《まゆ》は中学生の友達に追いついた。

火凜《かりん》は含みをたっぷりもたせた声で、茉優《まゆ》を誘惑してくる。

「運命だと思ったんだよねー、この出会いがさ」

「いや、そんな、そんな⁉」

そこで火凜《かりん》は一度引いてきた。

口元に手を当てて、恥ずかしそうに目を逸《そ》らす。

「いきなりバイト始めてコクってくるとか、がっついてるみたいに思われちゃうかもしんないけど、まったくの誤解だから……。あたし、こんな気持ちになったの、初めてなんだよ」

大したことのない駆け引きに、茉優《まゆ》は入れ食い状態の魚みたいに釣りあげられた。

「そっ、そ、そうなんですか」

「うん……だから、あたしね」

鼻先がつくほどに、火凜《かりん》の顔が迫る。

「他の誰にも、茉優《まゆ》のこと渡したくないんだ。付き合おうっていうかさ……。ねえ、あたしのものになってよ、茉優《まゆ》」

楓《かえで》を見慣れてきた茉優《まゆ》ですら、たじろぐほどの圧倒的な美貌。

どちらが上とか下とかではなく、タイプが違うのだ。

違っているからこそ、どちらも茉優《まゆ》の胸に突き刺さる。

「あわ、あわあわわわわ」

現状の把握とともに遅れてやってきたのは、ダンプカーに撥《は》ねられるような、すさまじい衝撃だった。

少しでも疑う気持ちがあれば、火凜《かりん》が自分なんかに告白してくるはずがない！　と突っぱねていただろう。

だが、茉優《まゆ》はあまりにも単純だった。

「そんな、どうしよ、嬉《うれ》しい……！」

これにはさすがの火凜《かりん》も「えっ？」という顔をしてしまいそうになっていたが、茉優《まゆ》は一切構わず頰に手を当てた。

「やっぱり、耐えて耐えて生きてきたから、いいことあったんですね！」

「……あんた、人からよくツボとか買わされそうだなって言われたりしない？」

「えっ、なんでそんなことまでわかるんですか⁉　運命だから⁉」

「ああうん、じゃあそう」

火凜《かりん》は投げやりにうなずいてくるが、すぐに首を縦に振った。

夢見心地の茉優《まゆ》の手を引いて、現実へと連れ戻してくる。

「というわけで、付き合ってくれるってことでいいんだよね？」

茉優《まゆ》の耳に、どこからかウエディングベルが聞こえてくる。

まさか、楓《かえで》と友達になれるだけじゃなくて、火凜《かりん》みたいな子が告白してくれるなんて。

今この瞬間が人生の絶頂だ。あまりにも間違いない。

どうせならお付き合いどころか、今ここで婚姻届を取り出したい気分だが、あいにく持ち合わせていなかった。なんて準備不足！

「も、もちろん――」

茉優《まゆ》がうなずこうとしたそのときだった。

「待って」

新たなる美少女が乱入してきた。

そこにいたのは、楓《かえで》だ。

「あっ、ひ、楓《かえで》さん……⁉」

後ろ暗いところがあるわけでもないのに、茉優《まゆ》はなぜか焦《あせ》ってしまう。

なぜか楓《かえで》は妙に怖い顔をしているのだ。

「いやあのええと、これは別にそういうわけじゃなくて！」

そこに絡《から》んできたのは、火凜《かりん》。

「じゃあ、どういうことなのか、説明してあげたらいいんじゃない？　茉優《まゆ》」

「ひえっ」

胸元をくすぐられて、茉優《まゆ》は震え上がる。

火凜《かりん》の目は『楓《かえで》にもいい顔をするなんて許さない』と語っていた。

(これってひょっとして……!?)

もしここで火凜《かりん》を選んだ場合は、楓《かえで》と仲良くしちゃだめってこと!?

(なぜそんな、究極の選択みたいなことを突き付けてくるんですか火凜《かりん》さん!?　独占欲ってやつですか!?)

急速に追い詰められてゆく。周りの地面が崩落したようだ。

だが、それだけでは済まなかった。

「茉優《まゆ》ちゃん、私も話したいことがあるんだ」

「えー、楓《かえで》、今取り込み中なのがわかんない？　ちょっと後にしてほしいんだけど？」

「誰も火凜《かりん》に言ってない。ね、大切な話なんだよ」

楓《かえで》がぐんぐんと迫ってくるから、茉優《まゆ》の脳細胞はもう沸騰している。

なにも考えられず、反射的にうなずくばかり。

「な、なんでしょうか、楓《かえで》さん……」

「すっ、すみません、火凜《かりん》さん！　いや、でも、あの！　楓《かえで》さんもわたしにとっては大切な人で、あの、その！」

「ええー？」

泣きそうになりながら抗弁すると、火凜《かりん》も苛立《いらだ》ち気味に黙り込む。

あまりにも繊細なバランスの上に成り立つこの状況。

楓《かえで》が茉優《まゆ》の手を取った。

「おわっ⁉」

こんなに強引な楓《かえで》を見るのが初めてで、茉優《まゆ》は慌てふためく。

いや、もともと落ち着いてなどいなかったのだ。

火凜《かりん》に声をかけられてからずっと、茉優《まゆ》の脳は熱暴走中である。

「ひ、楓《かえで》さん……？」

ふぅ、と熱いため息。

楓《かえで》は茉優《まゆ》の目を一心に見つめながら、告げた。

「駄目だよ、茉優《まゆ》ちゃん。私のほうが、先に茉優《まゆ》ちゃんを好きになったんだから」

「は――――⁉」

茉優《まゆ》の視界が白くなる。

自分がおかしくなってしまったのかと思った。

すべての言葉が自分に都合よく聞こえてしまう催眠術にでもかけられたのだろうか、と。

「ねえ、茉優《まゆ》ちゃん。私たち、仲良くやってきたよね。きっと相性がいいと思うんだ」

「そ、そんな……でも、えっ……ええっ……⁉」

なんかもう茉優《まゆ》は意味ある言葉を一切言えそうにない。

ふたりの女の圧に押し流されるだけのメダカだ。

「うそうそうそ……。な、なんで……？」

「私、もっともっと茉優《まゆ》ちゃんと仲良くなりたい。これからも一緒にいたい。だからね」

楓《かえで》に頬を撫《な》でられた。

触られたところが、電流が流れたみたいにぴりぴりする。

「──私と付き合って、茉優《まゆ》ちゃん」

信じられない。火凛《かりん》どころか、楓《かえで》にも告白された。

今この瞬間が人生の絶頂だ！

「ふぁ、ふぁい……」

茉優《まゆ》は顔を真っ赤にしてうなずいた。

自分の小さな手を取って、楓《かえで》が胸の前に掲げる。

手の甲に、キスをされる。

爆弾の起動スイッチが押されたみたいに、頭がボンッと茹《ゆ》だった。

「幸せになろうね、ふたりで一緒に」

朝川茉優《あさかわまゆ》は幸せになります！　と全世界に発表したい気分だった。

しかしそれを黙って見ている火凜《かりん》ではない。

「ねえ、楓《かえで》。人が告白している最中に割り込んできて、横から告白してくるとか。いくらなんでもありえなくない？」

「そんなルールあった？」

「わかるでしょ、フツー。ああ、楓《かえで》にはわかんないか」

ピキッ、と空間がひび割れるような音が、茉優《まゆ》の耳に聞こえたとか聞こえなかったとか。

楓《かえで》の目が据わる。

「出会って好きになったのは、私が先だから」

「行動しなくっちゃ意味なくない？」

「したでしょ、今」

剣呑《けんのん》な美少女にサンドイッチされた茉優《まゆ》は、果たして。

「はわー……………」

もう泥酔《でいすい》のような状態で、右にふらふら、左にふらふらと視線をさまよわせていた。

アルコールよりも濃い美少女の色気が、完全にキマっている。

ここでどんなに強気に押したところで、判断能力を失ってしまっているのはもう、顔を見ればば明らかだ。

たとえ取り調べであっても証言能力の不足で、釈放されかねないというのに。

神枝《かみえだ》と久利山《くりやま》のお嬢方は、さらに容赦がなかった。

「じゃあ、本人に聞いてみよっか？」

「いいよ」

「ねえ、茉優《まゆ》」

光沢のある声で、火凜《かりん》が迫ってくる。

「あたしと、付き合ってくれるよね？」

差し出された指を舐《な》める犬のように、茉優《まゆ》はうなずいた。

「よ、よろこんで……」

「ちょっと」

ぐい、と楓《かえで》が茉優《まゆ》の手を引いた。

無理矢理に自分のほうを向かせてくる。

「ね、さっき付き合ってって言ったとき、はいって答えてくれたよね」

「も、もちろんです……」

「あれぇ？」

もう一度、火凜《かりん》。

「茉優《まゆ》、話が違うんじゃない？　あたしを選んでくれるんだよね？」

「ねえ茉優《まゆ》ちゃん、中途半端《ちゅうとはんぱ》は嫌だな、私」

茉優《まゆ》は、幸せという魔物に首をもがれて死んでしまうのかと思う。

しかし、ここで運の残量を使い果たし、突然の落雷にて命を落としたとしても、いい人生だったと言い切れるだろう。

茉優《まゆ》は目をぐるぐると回しながらも、なけなしの理性で言い放つ。

「じ、時間を！　時間をください！」

それは場をしのぐためだけの選択肢だった。

追い詰められたときこそ、人間は真の力が発揮されると言う。

茉優《まゆ》の真の力は、小学生並みだった。

こういうときに、きっぱりとどちらかが好きです！　と答えられないから、人生幾度も敗北を重ねてきた気がしないでもない。

「ふうん。へえー？」

「そういうこと言うんだね」

火凜《かりん》と楓《かえで》が両側で、不穏に目を細めた。

ふたりの雰囲気が変化する。

まるで隠していた悪魔の羽と尻尾を見せてきたかのように。

それだけで茉優《まゆ》は、取って食われるかと思った。

だが――。

「そっかあ。じゃーしょうがないねえ、時間をあげよっかねえ」

「うん。どっちがいいか、選んでもらわないとね、きっちりと」

ほ……？　許された……？　と怯《おび》える茉優《まゆ》だったが。

実際、準備時間がほしいのは、火凜《かりん》も楓《かえで》も同じだ。

こんなどっちつかずの状況で選んでもらったところで、それが本当の勝利と胸を張ることはできない。お互い、相手を完膚なきまでに叩《たた》き潰したいと、そう願っているのだから。

三人の思惑はここにきて、合致した。

決着をつけたい楓《かえで》と火凜《かりん》。そして、先延ばしにすれば苦しみが長引くだけだと知る由《よし》もない愚かな茉優《まゆ》。

「茉優《まゆ》はあたしのもの、だからね」

「ひい……」

火凜《かりん》が茉優《まゆ》の耳に息を吹きかけてくる。

その反対側に、楓。

「茉優《まゆ》ちゃんは、ぜったい、私と幸せになるんだよね？」

「はぁあ……」

サキュバスに生気を吸われたかのごとく、茉優《まゆ》はぺたんと腰を落とした。

茉優《まゆ》を、見下ろす楓《かえで》と火凜《かりん》。甘い皮をかぶった美少女の心の中はとうに決まっている。

どのように勝つか。どのように相手に負けを認めさせるか。

今や彼女たちの瞳は、茉優《まゆ》を挟んで、お互いだけを映していた。

「負けないから、火凜《かりん》」

「またいつものようにかっさらってあげるからね、楓《かえで》」

恋の嵐——などというかわいいものでは済まされない超大型の台風が、アンブロシアを飲み込んでいた。

＊＊＊

茉優《まゆ》はぼーっと仕事をしていた。

じゃらじゃらと音を立てながら、バックヤードでカトラリーのセットを作っている。

この日は楓《かえで》も火凜《かりん》も休みのため、目に見えるほど茉優《まゆ》の生気はなく、しかし仕事効率はなぜか普段の倍以上だった。

中空に視線を浮かべながら、手だけは別人のようにチャキチャキ動かす茉優《まゆ》のことを、同僚たちもみんな不気味そうに窺《うかが》う。

「あれ、なんだ……？」

「さあ……。でも仕事はきっちりしているので、注意もできないのよね……」

五島《いつしま》と店長が遠巻きに眺める中、茉優《まゆ》は相変わらず口を半開きにしている。

（楓《かえで》さん、火凜《かりん》さん……楓《かえで》さん、火凜《かりん》さん……）

頭を占めるのは、先日の衝撃的な告白のことだ。

誰かに相談したところで、一笑に付されるだけだろう。ふたりに同時に好きって言われちゃったんですよー、なんて。

ふたりは茉優《まゆ》に決断を迫った。

すなわち、どっちと付き合うの？　である。

ここで茉優《まゆ》は基本に立ち返ることにした。胸の内と対話を重ねたのだ。

（ねえ、茉優《まゆ》……。あなた、楓《かえで》さんと火凜《かりん》さん、どちらが好きなんですか？）

ずっと長いこと囚《とら》われ続けているから、もう心の中が分裂して、いくつもの茉優《まゆ》が誕生してしまっていた。

欲望を司《つかさど》る茉優《まゆ》がうめく。

（え、正直どっちもめっちゃ好き……）

モラルを担当する眼鏡をかけた茉優《まゆ》が手を挙げる。

(だめですよそんなの！　だって、ふしだらですもの！)

だらっと足を伸ばしているのは、なんにでも水を差す理性の茉優《まゆ》だ。

(ていうかそもそも、どっちも女の子じゃないですかぁ。わたしって女の子好きなんですかぁ？)

全員が同時にギクッとした。

新たな議題が誕生し、空に浮かぶ巨大ホワイトボードに『女の子が好きなの？』と書かれた。

モラル茉優《まゆ》（モラゆ）が、眼鏡をくいと持ち上げながら、語る。

(そんなわけないじゃないですか！　女性は男性と恋愛をするのが普通なんですよ！　いくらあんな、ぜ、絶世の美女に口説かれているとはいえ、ありえません！)

欲望の茉優《まゆ》（デザイゆ）がよだれを拭いながらうめく。

(いや、正直わたしのことが好きなら、誰でもいいっていうか……誰でもいい中では、最上級すぎるから、不満とか一切ない……)

素の茉優《まゆ》はうなずく。

(確かに……)

(いや確かにじゃないですから)

理性の茉優《まゆ》（リセゆ）がべしっとツッコミを入れてくる。

（まあ、わたしもしょーじき、あのふたりなら相手として最高だと思いますけど。男とか女とか、どうでもよくなるっていうか）

最後の関門のはずの理性が安直にゴーサインを出してしまったので、茉優《まゆ》にはもう躊躇《ちゅうちょ》する理由がなくなってしまった。

だが、問題はここからだ。

（で、どっちを選ぶの？）

リセゆの問いに、デザイゆが元気よく答える。

（どっちも！）

（バカなこと言わないでください！）

モラゆがバンと謎の机を叩《たた》く。

（せめてどっちかです！　モラル的な観点では、先に知り合った楓《かえで》さんを選ぶべきです！）

（さっきは女同士とかありえなーいって言ってたくせにぃ？）

リセゆがからかうと、モラゆが顔を真っ赤にした。

（そ、それとこれとは……）

自分同士でいちゃつくのはやめてほしいと思った。もうどうかしている。

（でもまあ、順番のことで考えると、先に告白してきた方は火凜《かりん》さんなんですよねぇ）

（ふたりと付き合えばいいじゃないですか！　バレませんって！　もしバレたとしても、土下座して謝ったら許してくれますよ！）

デザイゆの言葉は、もはや全員が無視をした。

その他大勢の茉優《まゆ》たちの目が、本体茉優《まゆ》を向く。

今まで一言も発していなかった、決断を司《つかさど》る茉優《まゆ》（ジャッじゅ）が、優しい笑顔で問いかけてきた。

（茉優《わたし》さんの本当の気持ちは、どうなんですか？　先だとか、後だとか、そんなのは関係ありません。いちばん大切なのは、そこなんじゃありませんか？）

（わたしは……）

頭を抱える。

なによりもそれが、いちばんわからないのだ。

（楓《かえで》さんのことも、火凛《かりん》さんのことも、まだよく知らないから……それなのに、決められないです……）

絞り出すようなその答えには、周囲の茉優《まゆ》たちも納得してくれたようだった。

（臆病だけど、理性的な答えですねぇ）

（モラル的にも、これから知っていくべきだと思います）

と、そうしたところで、デザイゆが満面の笑みで手を挙げた。

（じゃあまずはふたりと寝てみましょうよ！　体の相性って大事って言うじゃないですか！

大丈夫大丈夫、お試しですから！　ね！）

左右の茉優《まゆ》ズに、すぱーんと頭を叩《たた》かれた。

ハッ、とその衝撃で素の茉優《まゆ》も目を覚ます。

目の前には、山積みとなったカトラリーのセット。

そして、周囲にはなぜか怯《おび》えた顔でこちらを窺《うかが》う、他従業員たち。

慌てて、茉優《まゆ》は両手を振る。

「あ、すみません、ちょっとぼーっとしちゃってて……。えと、どうします？　なんのお仕事しますか？」

「とりあえず……休憩時間だから、脳を休めてくるといいんじゃないかな」

「あっ、は、はい！」

引き気味で告げてくる五島《いつしま》に頭を下げて、茉優《まゆ》は休憩室へと向かう。

その足どりは軽やかだった。

ひとまずの結論が出た。楓《かえで》と火凜《かりん》、ふたりのことを少しずつ知っていくべきだ、と。

楓《かえで》は優しくて、火凜《かりん》はちょっと意地悪そう。だけど、ふたりとも自分のことが好き。

夢みたいな状況に、自然と胸が高鳴ってしまう。

人生にモテ期は三度やってくるという言葉があるが、不運な自分には縁がないと思っていた。

だけどやってきてくれたじゃないか……特大の、あまりにも大きなモテ期が！

「はー……幸せ……。もうどっちと付き合ったって、ぜったい幸せになれるじゃないですか、ぜったいに明らかに……」

だが、ロッカーから出したスマホを眺めていたその時。

「えっ……あっ？」

昔馴染《むかしなじ》みから久しぶりの連絡があった。

（なんでしょう……？）

アイドル時代の仲間だ。

茉優《まゆ》が引退──と公表しているわけではないが、現在は活動をしていないので実質の引退状態だ──してから、ほとんどの人と繋《つな》がりは絶たれた。

あーそういうものだよねー……と諸行無常を受け入れていたのだが、今さらなんの話だろう。

話の流れで、きょうのバイト終わりに食事をすることになって、茉優《まゆ》は休憩室のテーブルにもたれかかる。

うーん、うーん。

「なーんか、またちょっぴり嫌な予感がしますね……」

もしふたりから告白されたことに対する運勢の揺り戻しが来たのだとしたら。

それはもう、ちょっぴりどころじゃないとんでもない災難が待ち構えているのではないだろうか──なんて、思ってしまったのだ。

＊＊＊

「それでさー」

「えっ、ほんとにー⁉」

キャハハハと耳をつんざくような笑い声に、茉優《まゆ》は顔をしかめそうになりながらも愛想笑《あいそわら》いを繰り出していた。

「ははは……」

バイト終わり、呼び出されたのはそれなりにお高そうなレストランだ。

奥まった個室の席に通されて、茉優《まゆ》はずっと縮こまっていた。

「っていうかさー、マユちゃんぜんぜん変わってなくてびっくりしちゃったー」

「わたしもわたしもー。相変わらずだよねー、マユちゃん」

「あはは……そう、ですかー……？」

彼女たちは、かつて茉優《まゆ》が所属していたアイドルグループのメンバーだ。

自分よりデビューしたのは遅い後輩だったが、今となってはたまに地上波に出演できるほどに引く手あまたの存在となっている。

見栄《みば》えもする。華もある。

とうに住む世界の違うふたりを前に、茉優《まゆ》は正直、緊張していた。

華々しい女の子がふたりも集まって、いったい自分に何の用だろうか。

(いや、最初から疑ってかかっちゃ、よくないですよね!)

純粋に、会いたくなって声をかけてくれたのだろう。きっとそうだ!

「マユちゃんは今なにしてるの?」

さあ来たぞ、という気持ちで茉優《まゆ》は口を開いた。

「わたしは今メ——」

「そういえば私、今度シングルデビューが決まってー」

話し出そうとしたところで、出鼻をくじかれた。

「えっ、ほんとー? おめー!」

もうひとりがぱちぱちと小さく拍手を繰り返す。

彼女たちと一緒のグループにいたのは半年ぐらいだったが、そういえば人の話を聞かない子たちだった。

「すごいよねー。発売日には、サイン会のイベントもするんだよ。あっ、マユちゃんもぜったいに来てくれるよね?」

「あ、はい、あの、はい」

ぎこちなくうなずく。

彼女の背後には巨額のお金が流れているのだろう。

その笑顔も、話し方も、歌声も、どこかの偉い誰かがお金を出しても構わない、と思っているのだ。得られる承認欲求はどれほどのものだろうか。

想像してしまいそうになり、茉優《まゆ》は慌てて心のスイッチをオフにした。

「それで、わたしは今メイ――」

「それを言うなら、わたしだって海外ロケで写真集作ってもらえることになってさー」

口から発せられた茉優《まゆ》の声が、途中でぽきりとへし折られる。

どうしよう、胃が痛くなってきた。

「す、すごいですねー！」

一緒になってぱちぱちと拍手をする。

この流れのあとで『自分はメイド喫茶で働いています。指名数は店内ランキングで六位なんですよ！』という話をしろというのか。

キラキラしたふたりのトクベツな輝きに、頭がどうにかなりそう。

自分も一歩間違えれば、彼女たちの側に立っていたはずなのだ。

それなのに、それなのに……。

ガラスの向こうの世界の話が終わり、ふたりはこちらにぴたりと視線を向けてきた。

そのとき、なんとなく『あっ』と気づいた。

わかってしまった。自分がきょう呼び出された理由を。

リセゆが茉優《まゆ》本体に囁《ささや》きかけてくる。

(実はふたりってわたしがメイド喫茶で働いていること、知っているんじゃないですか?)

それは被害妄想だろうか。

でも、そうかも、って思ってしまう。

(アイドル辞めてメイド喫茶で働いているのがどんな気分か聞いて、ストレス解消しようってことです……?)

後輩の目には、好奇の色が宿っている。

「えー、もったいぶらないでよ、マユちゃん。あ、そうだ、当ててみよっか?」

「うーん、グラビアアイドルとか? スタイルいいもんね、マユちゃんー」

「あとは雑誌のモデルとか」

「歌手!」

「ちょっと、それはないでしょ」

ぷぷぷ、と忍び笑いを漏らす。

ああ……もう、完全に笑いものだ。

気が滅入《めい》ってきた。

「いや、あの、わたしはメイド喫茶で~……」

きっと有名になって売れていくにつれて、いろんな問題やストレスに悩まされることもあるのだろう。

だからといって、こんな人を貶《おとし》めるような形で鬱憤を晴らそうだなんて、間違っている。

と、思いつつも、茉優《まゆ》はどうしても『ちゃんと話せばわかってくれるかもしれない』なんて希望を捨てきれなかった。

だって彼女たちは、かつて同じグループで一緒に夢を追いかけた仲間なんだから。

「でも、毎日、楽しいんですよ。ご主人様方をお迎えするのだって、少しずつ常連さんが増えていったりすると、やっぱり嬉《うれ》しいですし。お料理だって、うちはちゃんとキッチンで作っているんですよ。オムライスはとっても上手になったんですから」

一句一句を噛《か》みしめるように伝える。

しばらくの間があった。

どちらからともなく、つぶやく。

「メイド喫茶って」

ふっ、と笑い声。

やっぱりだめだったか。茉優《まゆ》は暗い気持ちになった。

これ以上、できることはない。味もわからないイタリアンを食べて、さっさと席を立とうと決めて。

「あのさ」

ひとりが、身を乗り出してきた。

「実は、相談があってさ」

「相談……？　わたしに？」

「そうそう、マユちゃんに。あのさ」

さんざん見下した後になんだろうと思ったら、それはあまりにも予想外な内容だった。

「私たち、一応アイドルだから、恋愛とか禁止じゃない？　でも、偉いプロデューサーに女の子紹介してって言われて、困っちゃってさ」

「そういうときに、マユちゃんの顔を思い出したんだよね。もうアイドル辞めたんでしょ？　だったらちょっと、会うだけ会ってみてくんない？　お金もすごいもらえるらしいから」

「え……？」

きょとんとしていると、心の中でモラゆが叫んだ。

（それって、愛人契約とか、そういう方面のやつなのではー!?）

だって男の人と会うだけでお金を貰《もら》えるとか、絶対におかしいし……。

冷や汗が背筋を流れ落ちる。

「いや、あの、わたしは……」

「ね、いいでしょ。そんなバイトやらずに済むようになるかもだよ」

「ていうか、もうその人呼んでいいよね？　マユちゃんだって、また芸能界戻れるかもしんないよ」

「ま、待ってください」

喉が渇く。

先ほどまでとはぜんぜん違う緊張感に、目の前が暗くなってゆく。

「それ、いったいどういう……。こ、困ります！　わたし！」

がちゃんと水をこぼしてしまった。

テーブルクロスから垂れた水滴が、彼女たちの衣服を濡《ぬ》らしてしまう。

「うわっ、なにやってんだよ」

「あーあ、これは賠償だねー。賠償賠償、それが払えないなら、オッサンのマンションに連れられてってくんないと」

そこで誰かが、テーブルにやってきた。

背丈の高い人物だ。

ぴったりと茉優《まゆ》の後ろに立つ。

「ひ」

「あれ、もう来た？　早かったね――」

と、声をかけてきたひとりの少女が、息を呑《の》んでいた。

そこにいたのは、スーツを着た、筋骨隆々のスキンヘッドの男だ。目元をサングラスで覆っており、明らかに堅気のものではない雰囲気を漂わせている。

男の後ろには、同じようにサングラスをかけたスーツ姿の若い女がいて、テーブルを囲む三人を見下ろしていた。

(ぴえっ⁉)

茉優《まゆ》が硬直する。

声の出ない茉優《まゆ》に対し、アイドルのふたりはちゃんと勝気に突っかかっていった。

「な、なんですか？　私たちになにか……？」

「ちょ、ちょっと、人を呼びますよ！」

スーツの男女はなにも語らず、すっと道を開けた。

慌てふためく少女たちが見たのは、コツコツと靴音を鳴らしながら歩いてくる影だ。

「人に聞かれて困るお話をしていたのは、そちらさんではありませんか？」

抜き身の刃のような美少女だった。

生半可な美しさではない。雪山で死《し》に際《ぎわ》に見る幻のような女だ。

「え、なにこの子……」

彼女の放つ雰囲気に、アイドルの少女たちは圧倒されていたものの。

「か、楓《かえで》さん！」

と、茉優《まゆ》が弾《はじ》かれたように名前を呼ぶと、どこかホッとしたように緊張を緩めた。

「な、なんだ、マユちゃんのお知り合い？　へー……ど、どこかのアイドル？　それにしては、見たことないけど……」

「あっ、だったらさ、ねえ、この子もついでにプロデューサーのところに」

言いかけた女の子の座る椅子。その股の間に、楓《かえで》は爪先をねじ込んだ。

体を前に傾けて、彼女を真正面から睨《にら》みつける。

「人の女に手を出そうっていうんだ。あなたたち、覚悟はできてるのかな？」

「ひっ……」

女の子はなんとか両手で、めくれあがったスカートの裾を押さえようとする。

もうひとりが、怯《おび》えながら聞いてきた。

「ひ、人の女って……？」

「言わなきゃわかんない？」

楓《かえで》は座っている茉優《まゆ》を立たせ、その肩を抱く。

「私と茉優《まゆ》、付き合ってるから」

『は――⁉』

絶句する女たち。

「うそ、なんで、はあああ⁉」

「あなたと、マユちゃ、え？　なんで……」

少女たちは——といっても楓《かえで》より年上だが——騒然とする。

「いや、意味わかんないんだけど！　ていうか、どっちも女じゃん！」

「そんな美少女とか……羨ましすぎ……」

「え？」

「は？」

女子同士が顔を見合わせる。楓《かえで》は彼女らをもう相手にはしていなかった。

彼女らのテーブルに詰め寄った黒服が、トドメとばかりに威圧する。

「今後、お嬢の周辺に近づいたら、なにがあっても知りませんぜ」

「お互い関わらないようにしましょ。それが、賢い生き方ってもんすよ」

肩ポンをして、凍りついた彼女たちを置き去りに歩き出す。

茉優《まゆ》は楓《かえで》に腰を抱かれてエスコートされながら、顔を真っ赤にしていた。

「ちょ、いや、あの⁉　楓《かえで》さん⁉」

「うん」

「な、なんですかあの人たちは⁉　部下、部下ですか⁉」

「いや、一緒にいた友達だよ」

茉優《まゆ》の頭にハテナマークが乱舞する。

「な、なんでここに……？」

「たまたま通りかかっただけ」

楓《かえで》が張りつめていた雰囲気を緩める。

「そうしたら、茉優《まゆ》ちゃんが困ってそうだったから、友達にも協力してもらったんだ。迷惑だったかな」

「そ、そんな、ぜんぜん……助かりました、けど……」

たまたまという部分に引っかかるところがありつつも、助けてもらったことは事実なので、深く突っ込んで聞く気にはなれなかった。

それどころか（まさか偶然、楓《かえで》さんと出会って、しかも助けてもらえるなんて……！）と感動さえしている。

茉優《まゆ》の単純さに、内心楓《かえで》は胸を撫《な》でおろしていたのだが、それはともかく。

店を出る際、プロデューサーらしき男性とすれ違う。目立ったところはない、どこにでもいるような普通の中年男性だ。

彼はぴたりと立ち止まり、楓《かえで》を見て驚いた顔になる。

「あれ……？　か、神枝《かみえだ》組の……？」

「……」

楓《かえで》がそちらを一瞥《いちべつ》しただけで、彼は凍りついたように動かなくなった。

茉優《まゆ》を連れて歩き去る楓《かえで》は、ぽつりとつぶやく。

「私と一緒にいるところを見たんだ。あの様子じゃ、もう茉優《まゆ》ちゃんに手を出すことはないだろうね」

楓《かえで》はふふっといたずらっぽく笑った。秋風がその髪を揺らす。

外はもう暗く、ふたりは駅へと向かう人の流れに合流した。

頭が働かず、茉優《まゆ》はなにを言えばいいかもわからない。

「わたしと、楓《かえで》さんが……っ、付き合っているって……」

「うん、あの場ではああいうべきかな、って思って」

「いや、ほんと、あの、そうですよね！　がっかりとかじゃなくて、ぜんぜん、いや、わたしなにいってんだろ……」

楓《かえで》の行動があまりにも格好良すぎて、言葉にならない。

ピンチの自分のもとに駆け付けてきて、助けてくれるなんて、まるでヒーローじゃないか。

これには茉優内《まゆない》の多くの茉優《まゆ》たちも、目をハートマークにしてしまっていた。

「あ、あの、腰……」

「ああ、ごめんね」

往来で未《いま》だに腰を抱いていた楓《かえで》が、ぱっと手を離す。

それを茉優《まゆ》は少し残念そうに思ってしまったりして、さらに顔を熱くした。

楓《かえで》の友達とやらは追いかけてこない。楓《かえで》とふたりきりだ。

駅まではあと少し。このままでは、結局ひとりで帰ることになってしまう。

デザイゆが強固に主張する。内なる（家に誘え！　今すぐ家に誘うべきデス！）の声にハイともイイエとも言えず、茉優《まゆ》は両足を動かす。

そこで、楓《かえで》が口を開いた。

「でも、ずいぶんと怖い思いをしたよね」

「あ、いえ……なんか、びっくりでした。昔はあんな子じゃなかったんですけど……なにか、事情があったんだと思います」

「茉優《まゆ》ちゃんは優しいね。あの子たちをかばうなんて」

「あ、いえ……でも、芸能界は怖いってよく言いますけど、それって怖いところは怖くて、優しいところは優しいっていう、当たり前の話だと思うので……。楓《かえで》さんこそ、すごくいい人じゃないですか！」

しかし楓《かえで》はきっぱりと首を振った。

「私は、いい人ではないよ。悪いことだっていっぱいしてきたもの。今のだってね、茉優《まゆ》ちゃんだから助けたんであって、他の人が同じ目に遭ってても、手を出したりしないだろうから」

「えっ、そ……そうなんですか？」

「うん。……あ、いい人って言っておいた方が、茉優《まゆ》ちゃんのポイントは稼げたかな？　もったいないことしちゃったな」

楓《かえで》は少し恥ずかしそうにはにかむ。

その笑顔が悪い人には、どうしても見えなかった。

「せっかくだから、送っていくよ。茉優《まゆ》ちゃんの家まで」

「え⁉⁉」

茉優《まゆ》は楓《かえで》を見つめながら硬直した。

胸の中で、デザイゆがめちゃくちゃガッツポーズをしていた。


「せ、狭くて汚い我が家ですが……」

「お邪魔します」

くすりと笑って、楓《かえで》が玄関に足を踏み入れてくる。

自分の生活圏内に楓《かえで》が存在していることが、いまだに信じられなかった。

どうしてこんなことになってしまったのか。

家まで送ってくれた楓《かえで》を門前払いするなど、失礼だと思ってしまったのだ。

それに、きょう助けられたお礼もしたいし……。

お礼？　お礼とは……。

（やっぱり、わたしをプレゼント、が定番では？？？）

急に現れたデザイゆのささやきに惑わされず、茉優《まゆ》は必死に首を振った。

（そんな、お見苦しい！）

楓《かえで》の前にこの身体《からだ》を差し出すなど。

いや、でも、楓《かえで》は自分のことを好きでいてくれるんだよな……。

いやいやいやいや。違う、違う。

茉優《まゆ》の脳内茉優《のうないまゆ》たちも、みんなもうパニックだ。誰も彼も機能不全である。

そりゃ、楓《かえで》も火凜《かりん》もいないバイト先でぼーっとするぐらいが関の山の茉優《まゆ》だ。

本人たちを目の前にしたら、まともなテンションでいられるはずがない。

茉優《まゆ》の住んでいるマンションは、駅から近くにある。アイドル時代から借りているので、それなりに防犯のしっかりとした2DKのお部屋だ。

とりあえず楓《かえで》をリビングに招き入れ、いちばんマイランクの高いクッションに座らせ、お茶を入れようとキッチンへ。

しかし、人を招待した経験などない。使い古しのマグカップと、予備のマグカップにとりあえずコーヒーを淹《い》れる。

「あの、お砂糖ミルクとかは、どうしますか？」

「ごめん、私、コーヒー飲めなくて。お構いなく、だよ」

「えっ⁉　そっ、そうですか。あの、あうあう……」

結局、ふたり分のコーヒーを自分の前に並べてしまうことになった。ひどい失策だ。凹《へこ》む。

楓《かえで》はあちこちを物珍しそうに眺めてる。

「茉優《まゆ》ちゃんは、ここでひとりで暮らしているの？」

「そ、そうですよ。18歳のときに実家を出たので、もう五年目？　六年目？　ぐらいですね」

「へえ、そうなんだ……。私、こういう感じの家に遊びに来たのって、初めて」

「あっ、そうなんですか⁉」

楓《かえで》はどこかイキイキとして。楽しそうだった。

そんな楓《かえで》のことをつい、かわいいな、と思ってしまう。

「実は私、学校に友達ってほとんどいなくって」

「ええぇ⁉」

「孤立しないように、何人かしゃべる人ぐらいは用意しているんだけどね。意外？」

「は、はい。学校中の人に好かれて、お姫様みたいに扱われているものだとばかり」

そこで茉優《まゆ》が、ほんのちょっとだけ冷静に戻った。

「楓《かえで》さんって……あの、どういう方なんですか？」

「え？」

「なんだか、ピカピカとしたオーラがあったり、すごい屈強そうな方とお友達だったりして……一般人とは、明らかに違いますよね……？」

「そうだね、茉優《まゆ》ちゃんはどっちがいいかな？」

緊張する茉優《まゆ》に、楓《かえで》が片目をつむって問いかけてくる。

「フツーの一般人の私と、実はトクベツな立場にいる私。どっちか、選んでみて？」

「えぇー……？」

茉優《まゆ》は困りながらも、おずおずと答えた。

「で、できればフツーの一般人だったほうが、私としては付き合いやすいかなーって……」

楓《かえで》は変わらずに微笑《ほほえ》んでいた。

だが、それはどこか、寂しそうに見えてしまって。

「あっ、いや、付き合いやすいってそういう意味で言ったわけでは！」

慌てて訂正すると、今度はちゃんと笑ってくれた。

「うん、そうだよ。私はね、茉優《まゆ》ちゃんのことが大好きな、ただの一般人」

「やっ、あのっ……」

気づけば楓《かえで》は、茉優《まゆ》の隣にやってきていた。

「そっ、そういうことではなく……」

「私のこと、知りたいんだよね」

「知りたいですけど、そういう意味ではなく……っ」

茉優《まゆ》の手に、楓《かえで》の手が触れた。

びくっと体を震わせてしまう茉優《まゆ》。

「いいよ、教えてあげる。私と、付き合ってくれたらね」

「そそそ、そそれは……」

順序が違うだとか、まずは知ってからお付き合いをだとか、そういう理性《りせゆ》的な言葉が茉優《まゆ》の上辺を流れてゆく。

自分の部屋に、楓《かえで》とふたりきり。

夜も深まり、辺りはとても静かだ。

「ねえ、茉優《まゆ》ちゃん」

「ひゃ、ひゃい」

あの優しく甘い声で、楓《かえで》が囁《ささや》いてくる。

「私が恋人になったら、どんな毎日になると思う？」

「き、きっと、楽しいと思います……」

「もっと、具体的に考えて。想像してみて」

楓《かえで》の吐息が、茉優《まゆ》の耳にかかる。

はぁ、はぁ、という息遣いが茉優《まゆ》の口から漏れ出ていた。

「毎日、朝は私が電話をかけて、茉優《まゆ》ちゃんのことを起こしてあげるんだ。おはよ、って」

「は、はい」

「休みの日は合鍵をもらって、直接起こしに来てあげてもいいんだよ。茉優《まゆ》ちゃんがちょっと寝坊してたらね、キッチンで私が朝ごはんを作ってあげる。フレンチトーストとか、得意なんだよ」

「ひ、ひぃ……」

腰を引いて逃げ出しそうな茉優《まゆ》の背中に、楓《かえで》が腕を絡《から》める。

真綿でできたゆりかごに、閉じ込められたみたいだ。

「昨日どんなことがあったとか話しながら、一緒に朝ごはんを食べようね。ふたりで一緒に洗い物をして、一仕事終えたらこうやって、だらだらってしよ。どんな風に、だらだらする？」

「わ、わかんないです……」

楓《かえで》が茉優《まゆ》の目を覗《のぞ》き込《こ》む。

まるで心の中の——すべての茉優《まゆ》を見透かされているようで。

「恋人同士なんだよ？　わかんないの？」

ごくりと、茉優《まゆ》が喉を鳴らした。

「ジェンガとか、リバーシとかですかね……？」

「茉優《まゆ》ちゃんが望むなら、それもいいけど」

ちゅ、と楓《かえで》が茉優《まゆ》の耳たぶに口づけをした。

びくんと背が跳ねる。

「ひゃあぁぅ……」

「なにをしたって、いいんだよ。茉優《まゆ》ちゃんの、本当の願い、叶《かな》えてあげる」

首を縮こまらせて、肩を震わせる茉優《まゆ》。

すごく熱くなったその身体《からだ》に、楓《かえで》が触れてくる。

「あの、わたし、わたしぃ……」

「かわいいね、茉優《まゆ》ちゃん」

楓《かえで》の心根からこぼれた言葉は、雫《しずく》となって茉優《まゆ》を優しく撫《な》でる。

「ひぅぅ……」

「茉優《まゆ》ちゃん」

楓《かえで》がゆっくりと茉優《まゆ》を押し倒してくる。

背中に手を回し、傷つけないように優しく。

見上げる茉優《まゆ》は、楓《かえで》の瞳の中に星空を見た。

「ひ、楓《かえで》さぁん……」

まったく意識していなかったのに、甘えるような声色が出てしまった。

本能的に、心が楓《かえで》に屈服してしまっているのかもしれない。

それはすなわち、身体《からだ》が楓《かえで》にもう抱かれてしまえモードになっているということで。

（いやいや、いやいやいやいや、いやいやいやいやいやいやいやいや）

高速で流れてゆく電光掲示板のように、頭の中が『いやいや』で埋め尽くされる。

「だ、だめですよぉ、こんなの……」

楓《かえで》は、どうして？　だとか、茉優《まゆ》に選択権を与えるようなやり方はしない。

「だめじゃないよ」

やんわりと肩を押してきた茉優《まゆ》の手を包み込むように、恋人繋《つな》ぎで絡《から》め取ってくる。

「だって、茉優《まゆ》ちゃんは私と、付き合うんだもの」

そうして、楓《かえで》が茉優《まゆ》にゆっくりと。

口づけを降らせた。

甘い感触が、ふたりの間を伝う。

ぴりっと、背筋に電気が走る。

それは茉優《まゆ》にとって初めての感覚だった。

とろんと目を潤ませる茉優《まゆ》と、そして――。

――楓《かえで》が手の甲で唇を押さえながら、ぱっと身を起こした。

その頬は、赤く染まっていた。

「楓《かえで》、さん……？」

「あ、いや」

楓《かえで》の目が揺れる。

「……お、覚えててね。私のこと」

立ち上がった楓《かえで》は、足早に部屋を出ていった。

夢を見ているような顔をしたままの茉優《まゆ》を残して。

「わ、忘れられませんよぉ……」

ひとりになった部屋の中で、茉優《まゆ》はぐったりとつぶやいた。

まだ楓《かえで》のぬくもりが、身体に残っている。

心臓が早鐘を打ち続けて、どうにかなってしまいそう。

女の子同士だけど。

初めての、キスだった。

「あああ――うう――」

それからしばらくの間、茉優《まゆ》は悶《もだ》え転がっていたのだった。

すみれは近くまで迎えに来てくれていた。

「お嬢、お疲れさまです。こっちは徹底的にやっておきました。プロデューサーの上とも話が付きましたので、もう朝川《あさかわ》さんは大丈夫です。そちらは、どうでした？」

その横を通り過ぎて、後部座席のドアを開く楓《かえで》。

すみれは怪訝《けげん》な顔をした。

「お嬢？」

「うん……。大丈夫」

「えーっと……」

すみれはなにか言いたそうにしていたけれど、突っ込んで聞いてきたりはしなかった。運転席に座り、車を走らせる。

車内の空気が重い。

楓《かえで》はやはりなにも言わず、夜景をその瞳に映している。

彼女はふわふわとした気持ちを、持て余していた。

（……あとちょっとだったのに）

きょうは、なにからなにまでうまくいったのだ。

茉優《まゆ》を尾行し、彼女のピンチにうまく居合わせて、家にまであがることができた。

あとはそのまま、体を籠絡《ろうらく》して既成事実を作ってしまえばよかった。

いつか異性相手にそうすることもあるかもしれないと、覚悟はしていた。だから、別に、なんでもなかったのだ。

それで神枝《かみえだ》組の勝利。火凜《かりん》に付け入る隙を与えず、勝負を終わらせてしまえたのに。

茉優《まゆ》にキスして彼女を押し倒したとき、楓《かえで》は硬直してしまった。

（それからどうすればいいのか……わからなかった）

胸がドキドキして、茉優《まゆ》の顔がまともに見れなくなってしまった。

あんなのはおかしい。どうかしている。

（……これじゃあまるで、フツーの女の子みたいだよ）

あんなに憧れていたはずのフツーという言葉が、今は楓《かえで》の勝利を阻《はば》む障害となっている。

だから楓《かえで》は、原因を他に求めた。

（そうだ。相手が女の子だから、なにをすればいいかわからなかったんだ。それだけだ）

静かに瞳を閉じた茉優《まゆ》。その柔らかな唇。触れると溶けてしまいそうな熱い身体《からだ》。ゆっくりと上下する胸のふくらみ。

広がった髪と、女の子の匂い。

思い出すたびに、体温があがるようだ。

(男性相手なら、私がただ受け入れるだけでいいのに……女性相手だと、私がしなきゃいけないからさ)

茉優《まゆ》に触れる。

茉優《まゆ》を、気持ちよくしてあげる。

この手で、この指で、この口で。

(そうか、これが女同士ってことなんだ……)

想像して、楓《かえで》はさらに顔を赤らめた。

今までずっと、されることだけを考えていたから。

うまくいかなかったのは、ただそれだけのことだ。

(……確かに、茉優《まゆ》ちゃんはかわいいけど)

他に理由なんて、ない。

ふぅ…………と楓《かえで》は細長い息をはいた。

「いい経験になった。次は、ちゃんとしなくっちゃ」

「い、いい経験すか⁉」

すみれが弾《はじ》かれたように叫ぶ。

その顔は真っ赤だった。

「お嬢が、いよいよ、大人の女性に…………」

楓《かえで》は少し首を傾《かし》げて。

「……女同士でしても、処女って言わなくなるのかな？」

「私になにを想像させようとしているんすか！　知りませんけどー⁉」

楓《かえで》はくすりと笑う。

動揺するすみれを見て、ほんの少しだけ失敗の精神的ダメージが回復した楓《かえで》だった。

閑話② 久利山火凜の暗澹

久利山《くりやま》火凜《かりん》の日常は、そのほとんどが虚飾といっても間違いではない。神枝楓《かみえだかえで》と同じように。

「火凜《かりん》お姉さま！」

廊下を歩いているところで、呼び止められた。

まっすぐに髪をおろした、たおやかな女子生徒は振り返る。

「どうしました？」

金木犀《きんもくせい》が香るような穏やかな微笑《ほほえ》みに、後輩の女の子はぽっと頬を赤らめた。

「いえ、あの……。ちょっと、生徒会のお仕事で、聞きたいことがありまして……あの、今、お時間大丈夫ですか？」

「ええ、構いませんよ」

久利山《くりやま》火凜《かりん》。高校二年生。

彼女はお嬢様学校に通う、品行方正、成績優秀な生徒であった。

さらに今期は、副生徒会長を拝命している。

学内においては、教師の信頼厚く、その清楚《せいそ》可憐《かれん》な容姿からファンも多い。

こうして休み時間のたびに、先輩後輩かかわらず、彼女のもとには多くの生徒が訪れていた。

「各部活動予算案についてですね。それでしたら」

髪を耳にかけながら、後輩の持ってきたプリントを覗《のぞ》き込《こ》む火凜《かりん》。

無防備にさらけ出された横顔に、後輩の少女はドキドキしていた。

質問を聞きに来た立場なのに、プリントをなぞる細くて白い指に見惚《みほ》れてしまっている。

久利山火凜《くりやまかりん》は、学園に通う女生徒たちの憧れなのだ。

と、そんな風に、完璧な存在として女子高に通っている火凜《かりん》だが、その内心は──。

(──めんどくさ)

火凜《かりん》は完璧な微笑を顔面に接着し続けていた。

雛《ひな》に餌を与える親鳥のように、火凜《かりん》は次々と笑顔と優しさを振りまく。

演じているのは誰からも好かれる完璧な女性だ。

(毎日毎日、バカの一つ覚えみたいに、美しい、きれい、素敵、麗《うるわ》しい……それしか、言えないのかな)

あくまでも表向きは公平に。距離感を縮めてから、相手のパーソナルスペースに入り込み、あなただけだよ、と特別をささやく。

この方法で、火凜《かりん》は多くの少女たちの心を閉じ込め、虜《とりこ》にしていた。

(ほんとみんな、あたしがいないと、なんにもできない子たちばっか)

心の中では彼女たちを見下しながらも、それをおくびにも出さずに接する。

「ありがとうございます。ほんとに助かりました、お姉さま！」

「ううん、またなにかあったら、聞きにいらして。いつでも待っていますわ」

その微笑《ほほえ》みに、後輩は赤くなった顔をプリントで隠すようにして、立ち去ってゆく。

火凜《かりん》の振る舞いは、今回も彼女に満足いただけたようだ。

（当たり前だよね。だって、あたしを嫌う子なんて、この学校には誰ひとりいないもんね）

それは過信などではなく、ただの事実だ。

誰も火凜《かりん》の本当の姿などどうでもいい。

なぜなら、彼女たちは皆、見たいものを見たいように見て、『麗《うるわ》しい先輩に憧れる自分』という役割に没入したいだけなのだから。

火凜《かりん》は信仰の対象として、そういった存在であり続ければいい。

（ぜんぶ一緒だよ。人が望むことなんてね。学校の子も、お母様も、あの子だって一緒）

茉優《まゆ》にも望み通りの恋人という幻想を与えてやればいい。

それが火凜《かりん》のハニートラップに対する『答え』だ。

髪を翻《ひるがえ》し、火凜《かりん》は歩き出す。

「ごきげんよう、火凜《かりん》お姉さま！」

「お姉さま、あとでまたいらしてくださいー」

ひっきりなしにかけられる声に、火凜《かりん》は手を振り微笑《ほほえ》みを返す。

(今回の任務だって、おんなじようにすればいいだけ。あたしは、そのためにいるんだから)

ただ表面を取り繕うだけなら、それはあまりにも楽なことだ。

そう、すべてうまくいくものだと思っていた。


「おつかれさまでーす」

バイト先にやってきたその瞬間から、おかしな匂いは感じ取っていた。

ターゲットと楓《かえで》がやけによそよそしいのだ。

片方だけならわかる。ターゲットはいつも美しい楓《かえで》に恐縮しているようだったし。

それも当然だ。一般人が楓《かえで》と一緒にいたら、そうなってしまうに決まっている。

だが、この日は違っていた。様子がおかしいのは、楓《かえで》もなのだ。

(ふーん)

必死に動揺を押し殺そうとしているのが、火凜《かりん》の目からはバレバレで。

(なんかあったんだ、これ)

キスぐらいしたかな、と火凜《かりん》はすぐに当たりをつけた。

楓《かえで》の度胸でできるのは、せいぜいそこまでが限度だろう。

(それで意識しちゃってるわけ？　楓《かえで》が、あのターゲットを？)

火凜《かりん》の目から見た茉優《まゆ》は、本当にどこにでもいるような女の子だった。

だから、なんとも思わなかった。彼女みたいな女は腐るほど見てきたし、どんなことを望んでいるのかも手に取るようにわかる。

女相手の落とし方には一抹の不安も残るけれど、だからといって苦労することもなさそうだと高をくっていた。本当に、どうでもよかったのだ。

なのだが、楓《かえで》が彼女になんらかの感情を抱いているというのなら、また話は変わってくる。

俄然《がぜん》、このターゲット――朝川茉優《あさかわまゆ》に興味がわいてきた。

楓《かえで》を動揺させる女だ。面白そうに決まっている。

これは付加価値だ。役が、つ、い、て、点数が、跳、ね上が、る、よ、う、な。

「おはよ、茉優《まゆ》」

「えっ、あっ、お、おはようございます……火凜《かりん》さん……」

手を挙げて茉優《まゆ》に挨拶をすると、ただそれだけで彼女は恥ずかしそうに視線を落とした。

楓《かえで》とキスをしておきながら、まだ自分のことは十分に意識しているようだ。

そりゃそうだ。なんといっても自分は久利山火凜《くりやまかりん》なのだから。

身を寄せて、思いっきり美しさをアピールしながら、火凜《かりん》は茉優《まゆ》を上目遣いに見つめた。

――この女は、楓《かえで》の狙っている札だ。

「ね、茉優《まゆ》さ。ちょっとお願いがあるんだけど、今度の日曜日さ」

「え⁉」

目の前でかっさらわれたとき、楓《かえで》はいったいどんな顔をしてくれるのだろう。火凛《かりん》はそれが早く見たくて、仕方なかった。


一日の役目を終えて、火凛《かりん》は久利山《くりやま》の屋敷《やしき》に帰宅する。

「ただいま、帰りました」

火凛《かりん》が声をかけるも、返事はない。

自室に戻る途中の、座敷《ざしき》を覗《のぞ》いてみる。

そこには、母が帳簿をめくりながら考え事をしているようだった。

「お母様」

「火凛《かりん》、おかえり」

母——久利山桔花《くりやまきつか》は振り向かずに答えてくる。

少しためらってから、火凛《かりん》は母に声をかけた。

「そういえば、あの、聞いてくれますか？」

「ごめんなさい。今、忙しいの」

だがその言葉は、突っぱねられた。

「あ、うん」

火凜《かりん》としても、大切な用事というわけではない。

ただ、任務の状況を報告しようと思っただけなのだ。

必要かどうかで言えば、必要ではない。報告したところで母にできることはなにもない。

すべては火凜《かりん》の両肩に委ねられている。終わった後に、ただ勝利したのだと伝えればいいだけのこと。

だから、桔花《きっか》の態度は間違っていないのだ。

……きっと。

「部屋にいます。なにかあったら、呼んでくださいね」

その言葉にも、返事はなかった。

気にすることはない。いつものことだ。

床を踏みしめ、歩く。

ギシギシと耳障《みみざわ》りな音がする。

(あたしは、久利山《くりやま》火凜《かりん》。久利山《くりやま》家のエージェントで、唯一無二の存在)

部屋の戸を開き、後ろ手に閉めた。

モノの少ない暗い部屋を眺め、己に言い聞かせる。

(あたしは必要とされているの。そうでしょ？)

だって、七番勝負の最後の大舞台を任せられているのだから。

みんなに信頼されているのだ。たとえ、そう口に出して言われたことはなくても。

カバンを椅子の上に置き、教科書とノートを取り出す。成績を維持するためにも、毎日の勉強は欠かせない。どんなに帰りが遅くなってもだ。

火凜《かりん》の視線が止まる。

その先、学習机の上には昔撮った写真が飾られていた。

自分と楓《かえで》がまだお互いの家に行き来していた頃の写真。

楓《かえで》は若干恥ずかしそうに頬を赤らめて、彼女に抱きつく火凜《かりん》は楽しそうに笑っていた。

過ぎ去った過去に、心がざわつく。

まるで、未練のようではないか。

写真の前に置かれていた花札を摑むと、そのまま壁に叩《たた》きつけた。

バチンと音がして、箱から散らばった札が床にぶちまけられる。

「あたしは、完璧なの。だからね、楓《かえで》。あなたがどうあがいたところで、あたしには絶対に勝てない。昔からずうっとそうでしょう。ねえ、楓《かえで》」

立ちすくんだまま、火凜《かりん》は笑みを浮かべた。

キスをして、今のところ、勝負は楓《かえで》が一歩リードしたつもりだろう。

だがその程度のハンディキャップなど、どうだっていい。

「最後に勝つのはあたし。今までだって、ずっと、ずっとそうだったでしょ？　だから、いいじゃんそれで」

火凛《かりん》はベッドに座り込んで、スマホを開く。

店の宣伝の一環として撮ったばかりの、スリーショット写真。自分と茉優《まゆ》と、そして楓《かえで》。

「なにがフツーになりたい、だか……。ほんっと、くっだらない」

笑みを浮かべて、火凛《かりん》は画面を指でなぞった。

ぽつりと漏れ出た声。

「あたし独りを、置き去りになんてさせない」

それはどこにも届くことはなく、ただ火凛《かりん》の耳に返ってくるだけだった。

第五話

女に口説かれすぎる女

MARETSUMI

yuri ni hasamareteru
onna tte, TSUMI desuka?

MARETSUMI

楓《かえで》とキスをしてしまったその翌週、茉優《まゆ》は待ち合わせ場所にいた。

新宿駅の東南口。人通りの多い駅前。秋風は徐々に冷たくなりつつあったが、茉優《まゆ》の体はもう緊張でぽっかぽかに温まっていた。

なんときょうは、火凜《かりん》とのデートなのだ。

(あわわわ……)

待ち合わせ一時間前に到着し、それからずっと茉優《まゆ》はテンパっていた。

告白されて以降、火凜《かりん》とは微妙な距離感が続いている。

いや、火凜《かりん》側は茉優《まゆ》のことなんて気にせず朗らかに話しかけてきてくれているのだが、ひたすらにギクシャクしているのは茉優《まゆ》だ。

さらに言えば、楓《かえで》とキスをしたことをずーーっと引きずっているので、楓《かえで》ともぎくしゃくしているのだが、それはいったん置いといて……。

という問題を抱えていたら、火凜《かりん》に提案されたのだ。

『じゃあ、デートしようよ』と。

いやいや女の子同士で、ただ遊びに行くだけですよね？

念のためそう確認してみると、火凜《かりん》は有無を言わさぬ笑顔でにっこりと。

『デート、ね？』

重ねて言い聞かせられてしまったので、これはデートということで確定してしまった。

（ふぁぁぁ……）

その日、茉優《まゆ》は家に帰ってからクローゼットの中をひっくり返した。火凜《かりん》とのデートにふさわしいような、火凜《かりん》に恥をかかせないようなお洋服を探して。

そんなものはなかったのだけど！

最終的に選んだのは、アイドル時代、唯一グループの女の子に褒められたことのあるシャツとレイヤードキャミソール、それにロングスカートだった。

試しに着てみると、現役時代のものだから、多少お腹《なか》がキツかった……。

それ以降デートまで、いつもより念入りにスキンケアをしてみたり。無駄な抵抗と知りつつ、お昼のお弁当を半分の大きさにしてみたりして……。

そうして、今に至る。

けれど、この日の茉優《まゆ》は一大決心をしていたことがある。

それは――。

（火凜《かりん》さんを、きっぱりとお断りするんです……！）

なんといっても、自分はあの楓《かえで》とキスをしてしまったのだ。

初めてのキスだった。

あれで茉優《まゆ》は『愛』の感情を知ってしまった。

今までの自分はなんと平坦《へいたん》に生きていたものか……。これからは、愛のある人生を送るのだと、生まれ変わったのだ。

だから——これ以上曖昧な態度を取るのは、楓《かえで》にも火凜《かりん》にも申し訳が立たない。

つらいけれど、火凜《かりん》とはお付き合いできないと、伝えなければならない。

最初で最後のデート……なのだと。

つらい、本当につらいけれど……っ、それが誠意だから……っ。

という覚悟で、茉優《まゆ》は新宿駅の待ち合わせ場所にいた。

ただ、そうして（はた目にはぼーっと見える顔で）一時間以上も立ちっぱなしでいると、さすがに茉優《まゆ》でも男性に声をかけられたりしてしまうもので。

「ねえねえ、お姉さん。待ち合わせすっぽかされたの？」

「あ、いえ……そういうわけじゃ……」

「なんなら一緒にカラオケでもどう？　今、男女ペアだと安くなるフェアしててさ。ね、人助けだと思ってさ。この通り」

「こ、困ります……」

待ち合わせ場所に立つ柱を、ぐるぐると回る。

ビラ配りのときはぜんぜん寄ってこない人が、こんなときばかり声をかけてきて、少しずつ憔悴《しょうすい》していくとだ。

「あれれ、早いじゃんー、茉優《まゆ》」

明るくかわいらしい声がした。

ハッとする。火凜《かりん》だ。

（かっ、かわ――っ）

ふわふわの上着に、白い脚を惜しげもなく見せつけるミニスカート。メイド服姿ももちろん最高にかわいいけれど、こうして休みの日に見る火凜《かりん》のかわいらしさもまた、格別だ。

火凜《かりん》の美少女丸出しなオーラに、男も茉優《まゆ》も固まってしまう。

たまらなすぎる。待ち合わせのデートにこんなキラキラした美少女がやってくるなんて、茉《ま》優《ゆ》はひょっとして自分の前世はお釈迦《しやか》様《さま》だったのだろうか、と勘違いしそうになった。

火凜《かりん》はきょとんと首を傾《かし》げて。

「その人、誰？」

「あっ、いや、こちらは」

男が歩み出た。

「俺、運命を感じました！　結婚してください！」

「いや⁉　ええー⁉」

先ほどまで軽薄に茉優《まゆ》に声をかけてきていたはずの男は、あまりにもマジな顔で一世一代のプロポーズをする。

火凜《かりん》はくすりと笑い、茉優《まゆ》の腕に自分の腕を絡《から》ませた。

見せつけるようにして、告げる。

「だめだよ。だってあたしは、この子と付き合ってるんだから」

『え⁉』

男と茉優《まゆ》が同時に目を見開く。

火凛《かりん》はぐいと茉優《まゆ》の腕を引いた。

「いこっ、茉優《まゆ》」

「はっ、はい……」

茉優《まゆ》はちらちらと男を振り返ったが、彼は魂が抜けたような顔で立ち尽くしていた。

(な、なんだかごめんなさい……！)

その視線を取り戻すように、火凛《かりん》がぐいと体を押しつけてくる。

「ちょっと、ねえ茉優《まゆ》。あたしのいない間に、なにナンパされてるの？」

「ええっ⁉　そ、それは……声を、かけられて」

「ふぅん？　生意気ぃ」

「そ、そんなぁ」

値踏みするような目で見つめられ、心拍数が急上昇。

なにより、さっきから腕に押しつけられた胸が当たっているのだ。

布越しに感触が、ふわふわした感触が伝わってくる！

火凜《かりん》は口角をあげて、意地悪に微笑《ほほえ》んだ。

「勝手な行動、禁止だよ。茉優《まゆ》のぜんぶは、あたしのものなんだからね」

「ひ」

「わかった？　返事は？」

「そ、そんな理不尽な……だって、わたしと火凜《かりん》さんは、そういう関係じゃ……」

火凜《かりん》が目を細めた。

「口答えしちゃうんだ？」

艶《あで》やかで鋭利なその瞳に、思わず息を呑《の》む。

茉優《まゆ》はまだ負けなかった。ただ泣きそうだった。

「だ、だ、だって、ぜんぜんお互いのこと、知らないじゃないですかぁ……」

火凜《かりん》はくるりと目を回し、納得した様子で笑みを浮かべた。

「ま、それはそうかな？　いいよ、だったら今回だけ許してあげる。トクベツね？」

「火凜《かりん》さん……」

許してもらえた。優しい。火凜《かりん》さん好き……。

（いや、いやいや！）

最初に無茶を言い出したのも彼女だったのに！

どうしようもないほどに火凜《かりん》の手のひらの上で踊らされている。

だが、その不条理な振る舞いすらも許されてしまうのが、火凜《かりん》の不思議な魅力だ。

「じゃあね、代わりにきょうは一日、あたしのショッピングに付き合ってね。それが終わったら、解放してあげるから」

至近距離の笑顔に、茉優《まゆ》の胸がまたドキッと鳴る。

（一日……わたし、火凜《かりん》さんと一日も一緒にいたら、どうなっちゃうんでしょうかぁ……）

骨抜きにされて、身も心もとろけさせられてしまいそうだ。

アンブロシアでの火凜《かりん》は、店長によって新人教育されているため、それほど接点はない。けどすれ違うたびに軽くちょっかい出されたり、目が合うたびに笑顔でアピールされているだけで、茉優《まゆ》の精神はゴリゴリと削られている現状だ。

もともと茉優《まゆ》は、火凜《かりん》みたいな強引なタイプは苦手なはずなのだ。

ほんとに好きなのは、優しくて甘えさせてくれる、楓《かえで》みたいな子なのだ！

（そうだ！　きょうここに来た目的をちゃんと思い出して、茉優《まゆ》！）

内なる声に突き動かされて、茉優《まゆ》は首を横に振る。

「あ、あの！」

「うん？」

人通りを避けた場所で、ぴたりと茉優《まゆ》は止まった。

間近から目を覗《のぞ》き込《こ》まれるととてもじゃないけど素直にお喋《しゃべ》りできないので、顔を背ける。

「わ、わたし、火凜《かりん》さんに言わなきゃいけないことが、ありまして！」

茉優《まゆ》は切り出した。

これによって、火凜《かりん》がどんな態度になってしまうか、まったく想像がつかない。ただ、どちらにせよ茉優《まゆ》は痛烈に責められてしまうだろう。選ぶというのは、罪な行いだ。

それでも――伝えなければならない。

「実は――」

と、茉優《まゆ》の悲痛な覚悟を笑い飛ばすみたいに、火凜《かりん》が平然と言った。

「ああ、楓《かえで》とキスしたこと？」

「それが、あの―――――えぁうあ⁉」

心臓が破裂するかと思った。

「なんで知っているんですか⁉」

「いやだって、ふたりとも様子がおかしいし。ま、一発で正解を引き当てるのは、さすがあたしってところだけどね」

ようするに、かまをかけられただけだった。

「だから、その、火凜《かりん》さんとは……もう……」

「なんで？」

「なんで⁉」

茉優《まゆ》の精神が崩壊しそうになる。

「いや、だって……だって……!?」

言葉に詰まる茉優《まゆ》に代わり、火凜《かりん》が顎先に指を当てて告げてくる。

「んー、楓《かえで》を選んだから、これ以上あたしを振り回すのが悪いから、とか？」

「あの、えと、あの……は、はい」

たぶんそういうことだ。そういうことなのか？　わからない。

心の中の茉優《まゆ》を緊急招集する時間も、火凜《かりん》は与えてくれなかった。

「じゃあ、あたしともキスしよっか」

「キスを!?」

「うるさ」

「あっ、ご、ごめ、ごめんなさい……いや、でも！」

「あのね、茉優《まゆ》」

火凜《かりん》が小悪魔のような笑顔で、耳元にささやいてくる。

「あたし、言ったよね。ふたりのことをもっと知ってから、って。だったらさ、体の相性――とまでは、言わないけど、キスぐらいなら通過点だよ。そうでしょ？」

「え、えぇぇぇ……？」

火凜《かりん》は本気で言っているようだ。

茉優《まゆ》の目がぐるぐると回る。

「楓《かえで》だってそのつもりだよ。あの子、初めてのキスってわけじゃないしね」

「そうなんですか⁉」

ほんのちょっとだけショックではあったけど、逆にあれだけ美人のファーストキスを奪ってしまっていたら一生責任を感じてしまいかねないので、結果的にオッケーだ。

いや、そうじゃない。その間にも火凜《かりん》は顔を近づけてきている。情報量が多い！

「火凜《かりん》さんの言っていること、わたしにとってあまりにも都合がよすぎませんか⁉」

「都合がいいなら、いいんじゃない？」

「絶世の美少女をふたりもキープするとか⁉　罪すぎますよ⁉」

「本人たちがいいって言っているんだけど？」

火凜《かりん》がほんの少し不機嫌さをにじませながら、頰に手を当ててきた。

威圧するような目に見据えられ、茉優《まゆ》の心拍数は16ビートを刻んだ。

「い、いいんですか……？」

「あたし……聞き分けの悪い女の子は、好きじゃないな」

火凜《かりん》の声がぞっとするような冷たいものに変わった。

欲望を司《つかさど》る茉優《まゆ》が火凜《かりん》の真似《まね》をして発言する。

（じゃあ、いいじゃん！）

モラルと理性の茉優《まゆ》が、欲望に飲み込まれていった。

光を失った目で、茉優《まゆ》がこくこくとうなずく。

「わかりました！　わたし、もう気にしません！　愛欲を貪ります！」

「うんうん」

火凜《かりん》はにっこりと笑って、茉優《まゆ》の頭を撫《な》でてきた。

「あたし、悪い子は好きだよ」

そして――。

街中で、茉優《まゆ》は火凜《かりん》に口づけされたのだった。


そこから先は、もうなにも覚えていなかった。


『ねえ、どうかした？　茉優《まゆ》』

『え？』

彼女にささやかれて、ベッドの中、茉優《まゆ》ははっと我に返る。

そこは見知らぬマンションの寝室で、茉優《まゆ》は今よりも少し大人になっていた。伸ばした左手薬指に、プラチナリングがはまっている。

『あの、これは……』

『もう、寝ぼけているの？』

同じベッドで眠っていた火凜《かりん》が、くすくすと微笑《ほほえ》みながら身を寄せてくる。柔らかな髪がじゃれついてきて、こそばゆい。

『しっかりしてよね、茉優《まゆ》』

『あの、えと……』

『ふふふっ、かわいいんだから』

紫水晶のような輝きをもつ瞳が、茉優《まゆ》を覗《のぞ》き込《こ》んでくる。その美しさに思わず息を呑《の》む。ああそうか、自分は火凜《かりん》と結婚したのだ――と、心のどこかが静かな納得を覚えた。

きっかけは、そう、新宿の雑踏で交わしたキスのせい。

だけど悔いはない。なんといっても、本来の茉優《まゆ》程度では決して届くはずのないトクベツな空の星、久利山《くりやま》火凜《かりん》と結ばれることができたのだから。

茉優《まゆ》の生涯は決して不幸だけではなかった。

すべてを帳消しにするほどの大逆転が、待っていたのだ。

『ね？　もう少しであなた、ママになるんだからね』

『は？』

さすがに声が出た。シーツに隠された茉優《まゆ》のおなかは膨らんでいた。

『あたしたちの、子供だよ』

「――いったいどういうことですか⁉」

さすがにめちゃくちゃ叫んでしまった。

今度こそ、意識が戻ってくる。

目の前には、蔑むような目をした火凜《かりん》がいた。

「……なに、急に？」

「あ、いや……」

理由を話したら、爆笑された。

「キスしたら意識を失って白昼夢を見ていたとか、そんなことあるの？　確かにぼーっとしているなって思っていたけど、嘘《うそ》でしょ」

茉優《まゆ》は顔を真っ赤にしてぷるぷると震えた。

当然、白昼夢なんて人生で初めてだけど、実際にあったのだから仕方ない……。実際にあった怖い話だ。

「それで、あの、ここは」

不安げに辺りを見回す。高級そうな店が立ち並ぶデパートのようだった。新宿の百貨店だ。

どういうつもりでのこのことやって来られたのかわからないが、きっと火凜《かりん》に手を引かれてきたのだろう。

「わたし、こういうところ、母の日のプレゼントを買いに来たことぐらいしかないです……」

火凜《かりん》は朗らかに笑う。

「あたしが一緒ならこわくないでしょ?」

怖いとか怖くないとか、そういう話はしてないはずだが、火凜《かりん》の言葉には妙な説得力があった。火凜《かりん》が一緒なら、野生の虎が跋扈《ばっこ》するジャングルでも安心できそうだ。

「そうですねー」

へらへら笑いながら目を合わせた直後、茉優《まゆ》はさっきのことを思い出してバッと顔を背けた。

「どうかした? うん? うんー?」

火凜《かりん》がにやにや笑いながら回り込んでくるので、茉優《まゆ》は何度も左右に首を振る。

(どうとかじゃなくて!)

茉優《まゆ》の海馬には、ばっちりと火凜《かりん》のキスの味が刻まれてしまっていた。

唇を尖《とが》らせ、近づいてくる火凜《かりん》。閉じた火凜《かりん》の目を彩《いろど》るまつげの長さ。ふにとした唇の感触。離れていったあと、ふふふといたずらっぽく笑う淫靡《いんび》な表情。

そのすべてによって、茉優《まゆ》の感情は桃色に塗り潰される。

(平常心でいられるとでも!?)

見えないところがだらだらと汗をかく。

きょう一日、火凜《かりん》と過ごしたら、脱水症状でお亡《な》くなりになる可能性すらあった。

「か、火凜《かりん》さん……あの、さっきの、あの……」

「うん、だから」

火凜《かりん》が茉優《まゆ》の手をぎゅっと握る。

「きょう一日で、ちゃんとあたしのことを知ってくれるんだよね？」

「……は、はい………」

過剰な可愛《かわい》さの暴力に打ちのめされ、茉優《まゆ》の意思はだいたいもうはぎ取られていた。

「ほら、おいで茉優《まゆ》。上の階だよ」

「はい……」

火凜《かりん》はさらに追い打ちを忘れない。

「ね、茉優《まゆ》。きょうのデートの最中、返事は『わん』で統一するっていうのはどう？」

「え、えぇえ……？」

エスカレーターの上の段から、笑いかけてくる。まさしくご主人様の微笑《ほほえ》みだ。

茉優《まゆ》は徐々に頬を赤くしてゆく。

「さ、さすがにそれは……なんか、完全にそういうプレイじゃないですかぁ……」

「お返事は？」

微笑《ほほえ》む火凜《かりん》の目の奥が笑っていない。

「あの、えっと……あれ、なんで急に黙るんですか!?」

「……」

躾《しつけ》に必要なこと。

それは妥協せず、互いの立場をしっかりとわからせることだ。

エスカレーターが二階分あがる頃には、茉優《まゆ》はこうべを垂れた。

「わん……」

火凜《かりん》はにっこりと笑った。

よしよしと頭を撫《な》でてくれる。

「いいこいいこ」

「うう、なんなんですかこれ……。火凜《かりん》さんって、そーゆー趣味の方なんですかぁ？」

「え、フツーに違うけど」

素で拒絶された。

悲しみがこんにちはしてくる前に、火凜《かりん》は続けて微笑《ほほえ》む。

「相手が茉優《まゆ》だからかな。前言ったじゃん、飼ってた犬に似てるって。だからつまり、茉優《まゆ》のせいってことだよ」

「えぇぇぇ～～？」

犬扱いされ、それも一方的にあなたのせいだと告げられて、茉優《まゆ》の眉はへんにょりと垂れる。

それはまさしく、犬耳のようだ。

「これってもしかして、火凜《かりん》さんと付き合うとわたし、ずっとずっと犬みたいにかわいがられるってことですかぁ……？」

「茉優《まゆ》がそう望むならね」

火凜《かりん》は優しく微笑《ほほえ》む。アメとムチだ。

「あたしは優しいご主人様だから、ちゃんとご褒美《ほうび》もあげるよ」

「ご、ご褒美《ほうび》って……？」

「えー？　今言っちゃったら、つまんないじゃん。もっとちゃんと想像してよ」

くすくすと笑われる。

「あたしにどんなことしてもらえるんだろ、なんだろうってさ。ちゃんとあたしのことだけ考えてくれなきゃ」

「あわわわ……」

とんだご主人様だ。二重三重に首輪を巻かれて、息ができなくなりそうだ。

「わ、わたしにはレベル高いかなー……って」

「ま、ね。大丈夫だから、ちょっとずつ慣れていこ？」

「あっ、実行するっていうのはもう確定なんですか⁉」

火凜《かりん》は少し考えてから、今度はかわいらしく猫撫《ねこな》で声《ごえ》を出した。

「されるのが嫌なんだったら、逆はどう？」

「逆って」

火凜《かりん》がぎゅっと茉優《まゆ》の腕に抱きついてくる。またしてもスキンシップだ！

「……茉優《まゆ》があたしを躾《しつ》けてくれる、とか？」

「えっ⁉」

頭の上に軽く握ったふたつの拳を載せて、火凜《かりん》は首を傾《かし》げた。

「みゃうみゃう………。みたいな？」

「かっ、かわ――」

危うく、再び意識が飛ぶところだった。

「えっ、火凜《かりん》さんってそっち側もいけるんですか。相手を追い詰めて追い詰めて追い詰めてから救済を与える、とかではなく？」

「あたしは、大切な人には尽くすタイプだから、みゃう」

火凜《かりん》は小さく舌を出して笑う。

それが嘘《うそ》かどうか、茉優《まゆ》には判別する手段がない。

ただ、もし本当だったら――そして火凜《かりん》に心から尽くされたら――どうにかなってしまう。

「きょ、きょうはとりあえず、わたしが犬でお願いします……」

頭を下げて、茉優《まゆ》は屈服宣言をした。

血統書付きの火凜猫《かりんねこ》を引き連れてのお散歩は、茉優《まゆ》にとってハードルが高すぎる。

火凜《かりん》は微笑《ほほえ》んで、茉優《まゆ》の頭を撫《な》でてきた。

「いいよ、たっぷりかわいがってあげる♡」

素直になった茉優《まゆ》を待っていたのは、砂糖たっぷりのご褒美《ほうび》だ。楓《かえで》とはまた違う包容力に包み込まれて、茉優《まゆ》の心はふやけてしまう。

甘えさせられ甘えられ……デートはまだ始まったばかりなのに、もう心の中は満腹寸前で。

（火凜《かりん》さんと一緒にいると、なんだか、頭の中の楓《かえで》さんが薄れていってしまうんですけど……！　助けて、楓《かえで》さん！）

火凜《かりん》の手練手管と同じぐらい、茉優《まゆ》のチョロさもまた、相当なものであった。

百貨店の高級なアパレルテナントを覗《のぞ》く火凜《かりん》。

茉優《まゆ》はその後ろから、ひょこひょことついていく。

「わー……」

「どうしたの？」

「いや、場が似合うなあ、って思いまして」

「当たり前でしょ」

火凜《かりん》は胸を張ることすらしなかった。

その姿を、茉優《まゆ》はかっこいいと思う。

「こういうお店で買う人ってどんな人なのかなーって思ってたら、火凜《かりん》さんみたいな人なんですね……」

質の違うブランド物のお洋服を、のんびりと眺める茉優《まゆ》。

火凜《かりん》はいきつけのようで、馴染《なじ》みの店員らしき人と話をしていたりする。

「今デート中だから、誰にも邪魔されたくないの、わかるでしょ？　しばらくこのお店に、人を入れないでね」

なんだか恐ろしい会話が展開されているような気がする。茉優《まゆ》は壁にかかっている服を見上げながら、なにもわからないフリをした。

そこで「ちょっと」と茉優《まゆ》が手招きされた。

「あ、はい。なんでしょうか？」

火凜《かりん》は一抱えの洋服を両腕に提げている。

「こっちとこっち、どっちがいいかな？」

意見を求められるのは意外だった。

火凜《かりん》なら人の趣味など気にせず、自分の着たい服を着たいように着るのだとばかり。

「あ、ええと……わたしは、こっちかなあ、と」

指差すと、火凜《かりん》は「そ」とそっけなくうなずいた。

それから、茉優《まゆ》にその選んだ側を押しつけてきて。

「じゃあ、着てきてね」

「ふぇ⁉」

上下一式を渡されて、茉優《まゆ》は目を白黒させた。

「ああ、値段なら気にしなくていいよ。先に払っておくから」

「そういうわけには！　わたしだって――って」

常識が働いていなければ、その場で『高ぁぁあああ！』と叫んでしまうところだった。

茉優《まゆ》が普段、通販で注文する服とは、冗談じゃなく桁が違っている。

「こんな、えっ、こんな……えっ……⁉」

震えていると、火凜《かりん》に背中を押されて、そのまま更衣室へと押し込められた。

「じゃあ、すぐそこで待ってるから、着替えたら呼んでね」

「あ、あの……火凜《かりん》さん」

「なあに？」

茉優《まゆ》はカーテンから顔だけ出して、火凜《かりん》を呼び止める。

「なんで、こんなことを……？」

「遠慮しないで。あたし、ブラックカードもらってるから」

「えっ、な、何者なんですか……？　いや、ていうかそういう問題でもなく！」

火凜《かりん》はぐっと近づいてきて、茉優《まゆ》の頬を指先で撫《な》でる。

「言ったでしょ、茉優《まゆ》はあたしのものだって。ペットが自分の餌代を自分で出す?」

「そ、それは……」

「あたしが選んだんだから、似合うはずだよ。だいたい、そのスカートちょっとサイズ合ってないでしょ。いいから着替える着替える」

「あう」

おでこを指で突っつかれて、更衣室に押し戻された。

茉優《まゆ》はしばらくおでこを押さえつつも、その場でうろうろする。

けど、結局は試着ならと、袖を通してみることにした。

しゅるしゅると衣擦《きぬず》れの音がして、しばらく。

鏡の前には、立派な格好のオトナ女子が映っていた。

「うわ……年相応なかっこ……」

ただ、首から上がいつもの自分なので、いろいろと違和感がすごい。

「あの、着替えました、けど」

恐る恐る声をかけると、シャッとカーテンが開かれた。

火凜《かりん》が上から下まで茉優《まゆ》を見て、それから「うん」とうなずいた。

「ヘン」

「そのものずばり！」

　あまりにも正直だった。

「もう脱いでもいいですかねえ⁉」

　火凛《かりん》が更衣室に上がりこんできて、カーテンを閉める。

「なぜ⁉」

「そうね、こっちのほうがいいかな。手、出して」

　火凛《かりん》は自分のバッグから化粧ポーチを取り出すと、茉優《まゆ》の手をポーチ置きにして、コットンとメイク用品を構えた。

「な、なんですか……？」

「顔だけいつものメイクだから、チグハグなんだよ。ほら、ちょっとアイメイクを整えるだけで、ほら」

「わぷ」

　火凛《かりん》が顔を覗《のぞ》き込《こ》んでくる。

　当然、蘇《よみがえ》るのは先ほどのキスの記憶。

　真剣な美少女の顔面がすぐ目の前だ。茉優《まゆ》の頬がどんどんと紅潮してゆく。

「あ、あの……これは……？」

「大人しくしてなさい。茉優《まゆ》ってば、素材はいいんだから」

「わ、わん……」

ついでにヘアワックスで、前髪も整えられる。

まるで近所のお姉さんに、初めて勉強を教わっているような気分だ。

更衣室という、カーテン一枚隔てた密室で、ふたりきり。

火凛《かりん》の存在感に、ドキドキが抑えられない。

「ほら、見てよ」

ポーチを受け取った火凛《かりん》によって、茉優《まゆ》は鏡に向かわされた。

「あっ……えっ⁉」

鏡に映っていたのは、いつものような子供っぽい茉優《まゆ》の姿ではなく。

有名ブランドのワンピースをまとった、淑女のような雰囲気をもつ美女だった。

「こ、これ……」

「当然でしょ。あたしのペットなら、これぐらいはね」

「火凛《かりん》さん……」

茉優《まゆ》は頬を押さえながら、うるうるとした瞳で火凛《かりん》を見つめる。

ただの一般人の自分が、火凛《かりん》のプロデュースであたかもトクベツな人間になれたかのようだ。

火凛《かりん》はそんなに感動されると思っていなかったのか、少し目を丸くした。

「な、なに、その顔」

「わたし」

ぎゅっと茉優《まゆ》は火凜《かりん》の手を握った。

「この服、買います！　い、今はちょっと持ち合わせがないですけど……でも、ちゃんと買いますから！」

「初デートの記念に、買ってあげるってば」

「でもぉ……」

「いいの。服だって似合っている人に着てほしいって思っているよ」

火凜《かりん》は手を握られたまま、微笑《ほほえ》む。

「お礼がしたいんだったら、楓《かえで》じゃなくてあたしを選んでよ」

「そっ、それは……あの、まだ決めかねている最中っていうか……。で、でも！　火凜《かりん》さんはすっごくいい人だっていうのがわかりました！」

「いい人って」

火凜《かりん》がおかしそうに笑う。

「茉優《まゆ》ってなに？　正直者だけが暮らす島で生まれ育ったの？」

「そ、そんなことはないですけど……」

「ま、お礼がしたいんだったらさ。その服を着て、デートの続きをしてよね？」

ちょっと高飛車ぶった火凜《かりん》に命じられて、茉優《まゆ》はうつむいた。

「あの……火凜《かりん》さんは、どうしてわたしにここまで」

「えー？　好きってだけじゃ、ダメ？」

「だめっていうか……よくわかりません……」

茉優《まゆ》はその『好き』すら謎なのだ。好きの先など、わかるはずもない。

火凜《かりん》は少しもためらわず、口に出した。

「茉優《まゆ》って、人を好きになったことない感じ？　もちろん、恋愛的な意味でね」

「え……」

思い返してみる。

学生時代は人並みに好きな人がいたような気がするが、結局告白はしなかった。今思えば、周りの人を真似《まね》していただけのような気もする。

アイドルになってからはより顕著で、好きなものはずっと仕事だった。夢を追いかけるその道程に、人を好きになるという行為は含まれていなかった。

「ない……かもしれませんけど」

「まあ、あたしもないんだけどね？」

「わたしじゃないんですか⁉」

思い上がりにもほどがある叫びである。

「ああ、それはそっか。じゃあ茉優《まゆ》なんだけど」

「か、軽い」

「着飾った茉優《まゆ》はきっと、もっとかわいくなると思うんだ。茉優《まゆ》がかわいくなったら、あたしは嬉《うれ》しいんだよ。ただそれだけのことなんだけど、それって理由にならないかな？」

好きを知らないもの同士の会話で、答えが出るはずもないのだけど。

茉優《まゆ》は、丸め込まれてしまった。

「……もしかしたら『好き』って、そういう積み重ねでできているのかもしれませんね」

楓《かえで》と火凜《かりん》のことを思う。

ふたりが笑っていてくれると、茉優《まゆ》も楽しくなる。それを『なんで』と聞かれたところで、答えは出ないだろう。そんな感情は間違っていると人に言われても、困る。

結局、それは自分しかわからない気持ちで、なんと名前をつけるのかは自分次第なのだ。

まあ、だから、と火凜《かりん》が付言する。

「仮にあたしがね、なにか別の理由で今、茉優《まゆ》と一緒にいるとしてもさ。茉優《まゆ》に服を着せ替えさせて楽しいって想《おも》いは、嘘《うそ》じゃないってこと」

その言葉に含まれた微妙なニュアンスの違いを、茉優《まゆ》は感じ取ったのだけど。

いったいどういう感情が裏に隠されていたのかまでは結局、わからなかった。

（でも、ちゃんと楽しいと思ってくれているんだったら……嬉《うれ》しい、かな……）

そう考えていたら、火凜《かりん》は値踏みするような目で、茉優《まゆ》を見つめてくる。

「それにしても、好きは積み重ね、ね。そう、茉優《まゆ》はそう考えるんだ」

「え？　あの、はい。思い出がいくつも重なっていって、それがふたりだけの物語になるんじゃないですか……？」

「ふぅん」

ふわりとスカートを翻《ひるがえ》しながら、火凜《かりん》が離れてゆく。

「星の王子さまだね」

「え？」

「あんたが、あんたのバラの花をとてもたいせつに思ってるのはね、そのバラの花のために、時間を無駄にしたからだよ。知らない？」

「よ、読んだことはあります、けれど」

火凜《かりん》は世界を切り取るように指を組み合わせて、茉優《まゆ》の姿を四角形の中に収めてきた。

「それ、あたしもまあ賛成かな。言葉にすると、なんだか陳腐に感じちゃうけれどね」

なんだかお墨付きをもらったような気分だ。茉優《まゆ》は頬を紅潮させた。

「ご、合格ですか？　わたし」

「なにそれ。そんな話してないでしょ」

やってきた火凜《かりん》が、笑いながら茉優《まゆ》を下から舐《な》めるように見上げてくる。

「つまり、ご褒美《ほうび》ほしいってこと？　まったく、欲張りすぎ」

「いえっ、そんなっ」

そうして、あまりにも気軽に頰に口づけをしてくる。

ひゃっ、と手足の指先が伸びてしまった。

「火凜《かりん》さん⁉」

ふふっと笑いながら、火凜《かりん》はカーテンの向こうへ消えてゆく。

「あたしに溺愛されたいなら、茉優《まゆ》も積み重ねていってね」

「うう……ふぁい……」

火凜《かりん》の甘い誘惑に、もはや押しつぶされそうな茉優《まゆ》であった。

それから、すべてブラックカードで支払いを済ませた火凜《かりん》——もちろん久利山《くりやま》組の経費である——に恐れおののきながらも、靴や小物、アクセサリーなどを見て回ってきて、しばらく経《た》って歩き疲れたふたりは、カフェにいた。

火凜《かりん》の前にはストレートのアイスティー。茉優《まゆ》はソーダフロートだ。

「なんだかわたし今、人生でいちばん甘やかされているような気がします……」

「もっとあるでしょ、なにか」

「いやあ……それなりに、放置されて生きてきたような気がしますので……」

スプーンでバニラアイスをすくいながら、茉優《まゆ》は遠い目をする。

「どんな子供時代だったの?」

「テレビばっかり見ていましたねえ。母はずっと、お仕事で忙しそうにしておりましたので」

「ふうん。ま、あたしも似たようなものだけどね」

「そうなんですか?」

火凜《かりん》がさらっと身の上話を語ってきたことは、少し意外だった。そういったことは、ミステリアスに隠し通すと思っていたのだ。話してみると意外なことばかりだ。

「家族は大勢いたけどね、あたしを腫れ物扱いして、誰も構ってきたりはしなくてね」

「そ、それは……寂しくなかったんですか?」

「どうかな? 忘れちゃったよ。そういうものだと思ってたし。ただ、誰もいなかったわけじゃなかったから。たまには友達も遊びに来てくれてさ」

そう言いかけて、火凜《かりん》は笑顔のまま、はたと止まった。

茉優《まゆ》が飲み物をストローですすりながら待つと、火凜《かりん》は急に不機嫌そうにそっぽを向いた。

「あたしのことはいいの。茉優《まゆ》はどうなの?」

「えっ、あっ、はい。そうですね、わたしも似たような……でも、わたしは今になって思い返せば、寂しかったのかもしれません!」

地雷を踏んだ感触が伝わってきて、茉優《まゆ》は就職面接の大学生のように背筋を伸ばして答えた。

「なにそれ、自分のことでしょ」

「それはそうなんですけど……」

茉優《まゆ》は珍しく、達観した表情を浮かべて息をつく。

「わたしって、いろんな人のトクベツになりたいなって思ってたんです」

「また話が飛んだね」

「恐縮です……」

「それで？」

じっと見つめてくる火凜《かりん》に、茉優《まゆ》は落ち着かなさそうに語り出した。

「ええと、ちょっとわかんないんですけど、最近思うんです。火凜《かりん》さんと楓《かえで》さんにたくさん好きって言ってもらって、すごく満ち足りた気分になって。……結局わたしって、たくさんの人に好かれるんじゃなくて、誰かひとりに大切に思ってもらいたかったのかな、って」

「……」

火凜《かりん》はぼんやりと視線をさまよわせていた。

「だから、ちゃんとあたしが茉優《まゆ》をトクベツに扱ってあげようって言ってるんじゃん」

「あっ、で、ですよね」

途端に、慌てる。

「ひょっとして、不服なの？　あたしが相手で」

「そっ、そんなことないです！　たぶん……。わたしには、もったいない人で……」

「それ。よく言われるけど、ほんと意味わかんないんだよね。だったら誰があたしと付き合ったら、茉優《まゆ》は満足なの？」

「そりゃもちろん」

——楓《かえで》さんとか！

告げようとして、茉優《まゆ》は笑顔のまま慌てて口に両手をかぶせた。

危なかった。職場であれほど仲の悪いふたりだ。口に出していたら今頃、ストレートティーをぶっかけられていたかもしれない。

「は、俳優の人とか……社長とか……」

「興味ない相手に抱かれてもね。なあに茉優《まゆ》ってば、寝取らせ趣味でもあるの？」

「ねっ——」

茉優《まゆ》は元アイドルだ。海千山千の芸能界を渡ってゆく中で、様々な性癖に対しても知識ぐらいはある。

「だっ、だめです、そんなの」

「当たり前でしょ、仕事でもないのに」

……仕事？

火凜《かりん》は肩をすくめた。

「こっちの話。ま、そんな顔も知らないようなやつらよりは、茉優《まゆ》のほうが億倍マシだから。ほんとにね」

「きょ、恐縮です……」

実際、きょうはとても楽しかった。

だから茉優《まゆ》は、火凜《かりん》に幸せになってほしいと思う。楓《かえで》のように美しく人格者でかっこいい人物と付き合うことが火凜《かりん》の幸せ……だなんて思うのは、茉優《まゆ》の余計なお世話なのだけど。

でも、とりあえずお礼だけはきっちりと告げておくべきだ。

「わたし、火凜《かりん》さんとこうしてお出かけできて、すっごく楽しいです！　それに、こんな高いお洋服のお金まで出してもらっちゃって……。いつか、必ずお返しします。だから……」

「生意気」

「え？」

火凜《かりん》は立ち上がって、茉優《まゆ》を見下ろす。

「茉優《まゆ》のくせに、しつけが足りなかったみたい」

「あ、あの……」

「余計なことを考えなくていいんだよ。あたしが好きって言ってるのに、いつまでもそんな他人行儀みたいな態度、ハッキリ言ってむかつくからね」

火凜《かりん》の尖《とが》った目に睨《にら》まれて、茉優《まゆ》はまた自分がなにか間違ってしまったのかと震える。

「た、確かにそれもひとつの考え方だとは思うのですが！　わたし、生まれつき運がないので！　どうしてもいろいろと考え込んでしまうというか！」

「あたしと楓《かえで》に言い寄られて、運がないって？」

「明日トラックに轢《ひ》かれるかもしれない望外な幸運に、日々怯《おび》え散らかしてます！」

火凜《かりん》が茉優《まゆ》の頬を撫《な》でる。

「つべこべ言わず、あたしと付き合えって言ってんの。いい？　返事はハイかワンしか認めないから」

そう言って、差し出された火凜《かりん》の手。

きれいに爪が整えられて、ほっそりとした白くてかわいらしい指先を見つめた、茉優《まゆ》は。

ものすごくたくさんのことが頭の中をぐるぐるした結果、ぷしゅーと頭から湯気を噴出しながら、その手を取った。

「わ、わん！」

こくこく、とゾンビのようにうなずく。

こうして、茉優《まゆ》と火凜《かりん》は付き合うことが決まったのだ。

第六話

キレ散らかす久利山火凜

MARETSUMI

yuri ni hasamareteru
onna tte, TSUMI desuka?

MARETSUMI

こうして、茉優《まゆ》と火凜《かりん》は付き合うことが決まったのだ――。

「――じゃないのよ！」

茉優《まゆ》と別れた後、火凜《かりん》は道端のごみ箱をローファーで蹴り飛ばした。

喫茶店を出た茉優《まゆ》は、あれからずっと、美少女を侍《はべ》らせながら天国の温泉にどっぷり浸《つ》かるような笑顔で、火凜《かりん》と百貨店を回った。

火凜《かりん》の言うことには最後までなんでも素直に「はい！」と「わん！」で答え、すべての悩みはもうどこかに消え去ったかのようであった。

（ほんと、最悪）

違うのだ。火凜《かりん》の想定とは、ぜんぜん違う。

石油王に見初められたような茉優《まゆ》のだらしない笑顔を思い出すたびに喉の奥がイガイガする。

（こんなの、どこが勝ったって言えるの？）

駅まで茉優《まゆ》を見送った火凜《かりん》は、イライラしながらスマホを取り出した。

すぐに相手に繋《つな》がる。

「ちょっと、楓《かえで》」

『……なに？』

「すぐ来て」

端的に言い放って、火凜《かりん》はスマホをしまう。

楓《かえで》の尾行には、気づいていた。

デートの最中、帽子をかぶって眼鏡をかけている楓《かえで》を、何度も目撃したのだ。向こうも特に隠す気はないようだったし。もちろん、茉優《まゆ》は気づいていなかったみたいだが。

楓《かえで》は言われた通り、三分も経《た》たずにやってきた。帽子と眼鏡は外している、いつもの楓《かえで》だ。

「なんなの？」

ツンケンした態度の楓《かえで》に、火凜《かりん》はずんずんと彼女に近づいていく。

楓《かえで》が眉根を寄せる。それでも構わず、胸倉を摑《つか》むような勢いで迫った。楓《かえで》は意地でも目を逸《そ》らさないように火凜《かりん》をじっと見つめてきて。

そして。

火凜《かりん》は鼻先を突き合わせながら告げた。

「お腹《なか》減ったから、なんか食べに行きたい。付き合って」

「……は？」


「よりにもよって、なんでこんな」

「いいじゃん、一度入ってみたかったし」

楓《かえで》と火凜《かりん》は、並んでラーメンをすすっていた。

新宿のカウンターしかないラーメン屋だ。店内は意外と女性の姿も多く、とはいえふたりの美貌はさすがに目立っている。

「ここの魚介ラーメン、おいしいって評判見たんだけど、ほら、あたしってお利口さんキャラでしょ？　それなのにひとりで入るわけにはいかないじゃん」

「私が気にしてるのは、なんで隣に火凜《かりん》がいるのか、って話」

楓《かえで》もどうせ尾行のために、ずっと立ちっぱなしだったのだろう。

ふたりの疲れた体に、あっさりとした塩スープが染《し》み渡《わた》ってゆく。

「そんなに顔をしかめて食べてたら、味なんてわかんなくない？」

「……ラーメンは、おいしいよ」

カウンター向こうで一生懸命働いている男たちの動きがピクリと一瞬だけ止まる。

彼らの心地よい疲労感をねぎらうような美少女の賛辞であった。

火凜《かりん》は目を尖《とが》らせながら、麺をすする。

「あーもう最悪、腹立ちすぎてお腹減《なか》った。おいしいー」

「組の人に連れて行ってもらうとか」

「あたしは楓《かえで》と違って、子分を連れまわして歩いてるわけじゃないの。おじょーさまなの」

火凜《かりん》は久利山《くりやま》組の中でも、異分子だ。

誰にでも愛されている楓《かえで》とは、違う。

事実、楓《かえで》は屋敷《やしき》でも独りの火凜《かりん》しか見ていないはずだ。

(別に、どーでもいいけど……！)

苛立《いらだ》ちを飲み込むように、レンゲに載せて少し冷ました細麺をちゅるちゅると吸い込む。

「おいっしいー」

「うん」

しばらく無言のときが続く。

半分ほど食べたところで、まさか本当にラーメンを食べて解散になるのではないかと危惧したらしい楓《かえで》が、話しかけてきた。

「ねえ、火凜《かりん》」

「んー？」

「そろそろ、決着をつけたいんだけど」

「それね」

楓《かえで》に言いたいことがあったのだ。

「なんなの？　あの朝川茉優《あさかわまゆ》って子」

「なに、って」

力いっぱい言い放つ。

「チョロすぎでしょ！　あの駄犬！」

「…………」

楓《かえで》からすらも、フォローの言葉は出てこなかった。

「なに？　楓《かえで》とキスしたら楓《かえで》のことが好き好き大好き、あたしとキスしたらあたしのことが好き好き大好き結婚したい、って。交尾のために生きてるセミかなんか？」

周囲の客が何人かむせていた。

「火凜《かりん》……はしたない……」

「……それはちょっと、言いすぎだけど」

頬を染めた楓《かえで》に指摘され、火凜《かりん》もごまかすようにスープをレンゲですする。

「まったく……ほんと、なんなのあの子」

「茉優《まゆ》ちゃんは、かわいいよ」

「悪意が一切ないのが、またタチが悪いっての」

火凜《かりん》が荒れているのは、そういう理由だ。

相手が手強《てごわ》いのならば、攻略する楽しみも生まれるだろう。だが、相手が弱すぎる場合、むしろ戦いそのものがばからしくなってくる。

茉優《まゆ》を横からかっさらえば、きっと楓《かえで》は悔しい思いをするだろうとほくそ笑んでいたのに。

火凜《かりん》の目論見《もくろみ》はご破算となった。

あと楽しめるのはせいぜい、茉優《まゆ》を連れ帰って、恋人と認めさせること。

すなわち、この勝負に勝つことだ。

楓《かえで》が笑みと言えない程度に、頬を緩める。

「でも、あの火凜《かりん》が茉優《まゆ》ちゃん相手にペース乱されてるの、なんか面白い。火凜《かりん》でもそういう顔するとき、あるんだ」

「なにそれ、どんな顔」

「そういう顔」

楓《かえで》の声に侮蔑の色はなく、純粋に面白がっているだけだ。

だからか、火凜《かりん》もどこかむず痒《がゆ》くなる。懐《なつ》かしいような初めてのような、言葉にするのが難しい気持ちだ。

茶化すようにして、話を変える。

「あーあ、尾行の楓《かえで》を撒いて、さっさとホテルにでも連れ込んでやればよかった」

「無理矢理、体の関係を作って、それで勝ったつもりになるんだ？」

「勝ちは勝ちでしょ」

火凜《かりん》はそう言い切っておきながら、内心はまた違うことを考えていた。

（といっても、もし楓《かえで》がそのあと茉優《まゆ》をホテルに連れていったら、どうせ同じことになるんだろうけど……）

その予想は、きっと外れていないだろう。あまりにも泥沼だ。

「誰でも好きになる女を、どうやって自分だけに振り向かせろっていうのよ」

「いくら茉優《まゆ》ちゃんでも、私と火凜《かりん》以外にはなびかないと思うけど」

「あたしたちのスキルが高すぎるってこと？　まあ、それはしょうがないことだけどさ」

「うん」

男を籠絡《ろうらく》するために高め続けた技能は、女相手でも通用するということが立証されてしまった。……いや、どうだろう。それに関しては、ターゲットが茉優《まゆ》だからかもしれない。

「けどさ、男はなんだかんだ寝ればゴールでしょ。そういう生き物だって習ったし。なら、女相手はどうすればいいの。どこが決着なの？」

「それは……」

楓《かえで》も言いよどむ。

最初に考えていたよりも複雑なのは、間違いない。

女にハニートラップを仕掛けるという、異常性。それに加えて、朝川茉優《あさかわまゆ》という人物の大らかさが、事態をややこしくしているのだ。

「ま、別に、そんな愚痴だけ吐くために楓《かえで》を呼んだわけじゃないから」

「前に言ったこと、根に持っているの？」

「そういうわけじゃないけど」

「火凜《かりん》って……」

「……なに？」

楓《かえで》の美麗な横顔を眺める。

「ほんとに、友達いないんだなって思っただけ」

「は、なにそれ。いないんじゃなくて、あたしはいらないの」

「でもラーメン食べにいくときに困るんじゃない？」

「……それは、まあそうだけど。なんなの？」

「別に」

楓《かえで》は言おうとした言葉を、途中で止めたようだ。気になって、さらに苛立《いらだ》っていると、楓《かえで》は違うことを口にした。

「火凜《かりん》の言いたいのはようするに、どうすれば勝敗をつけることができるか、ってことだよね」

「まあ、そうね」

「だったら私に、考えがあるから」

「……へえ」

——楓《かえで》が語り出したその内容は突飛だが、確かにうなずけるものだった。

だが、その話を聞きながら、火凜《かりん》はどこかもやもやとした感情を抱く。

(楓《かえで》は、さっさとこの勝負を終わらせたいって、焦《あせ》っているみたい)

ひとつは、自分とあまり顔を合わせたくないから、という理由だろう。

（あとは……罪悪感？　朝川茉優《あさかわまゆ》を騙《だま》していることについて？）

今さらだ。

エージェントとして、是非のモラルはとうに越えている。楓《かえで》も火凜《かりん》も、そのように育てられたのだから。

（じゃあ、なに）

火凜《かりん》はじっと楓《かえで》の目を見つめる。

「という感じなんだけど……なに？」

「楓《かえで》さ」

火凜《かりん》は頬杖《ほおづえ》をついて、口を開きかけて。

（ひょっとして、朝川茉優《あさかわまゆ》のこと、本気じゃないよね）

——やめた。

「なに？」

「いや、別に」

「気持ち悪いんだけど、途中で話やめられるの」

「そっちだってさっきやったじゃん。絶対に言わないし」

「またいつもの嫌がらせ？」

「じゃあそれでいいよ」

確かに朝川茉優《あさかわまゆ》には、見どころがあるかもしれない。

善良すぎるあの女を振り回すのは、まあまあ楽しかった。

だが——。

(最悪でしょ、そんなの)

楓《かえで》の横顔は、ここではないどこかを見つめている。ぼんやりとしたその瞳の奥に浮かぶ感情の行き場を想像し、火凛《かりん》は吐き気を催した。

「わかった。じゃあ、それでいこ」

「言いかけたこと」

「うるさいな」

火凛《かりん》は立ち上がり、楓《かえで》を見下ろしながら告げた。

「ぜったいに勝つから、あたし。フツーになるとかいう戯言《たわごと》、認めてやんないからね」

「ちょっと、火凛《かりん》」

支払いを置いて店を出ると、楓《かえで》が後ろから追いかけてくる。

ネオン輝く都内の雑踏を、火凛《かりん》は踏みしめるように歩いてゆく。

結局、こうなってしまうのだ。火凛《かりん》にできるのは楓《かえで》を否定することだけだ。

「私だって、負けない！」

楓《かえで》の声に、火凛《かりん》は立ち止まった。

振り返る。楓《かえで》は一心にこちらを見つめている。

ひたむきに。他のなにも目に入っていない顔で。

どくんと胸が、高鳴る。

その目はまるで久利山《くりやま》家を訪れていた頃の楓《かえで》のように、火凜《かりん》だけを見つめていた。

しかしその直後——火凜《かりん》の心臓は水のように冷める。

「火凜《かりん》に勝って、すべてを終わらせて、私はフツーの女の子になる。もう全部忘れて、自分の人生を生きるんだ！」

（なにそれ）

火凜《かりん》は目を見開き、胸を押さえる。

「なれるわけないじゃん！」

火凜《かりん》の目は鋭く、微笑《ほほえ》みのひとつもない。

「なに血迷ってるの楓《かえで》。あたしがそんなの許さないよ」

「別に火凜《かりん》に言われる筋合いは」

「わかった。だったら、あたしが楓《かえで》に思い知らせてあげる。組に恩返ししてスッキリめでたしめでたし、なんて絶対に認めないから」

火凜《かりん》は、燃えるような瞳で言った。

「二度も、あたしを捨てたりさせない」

そう吐き捨てて、火凜《かりん》は踵《きびす》を返《かえ》す。

後ろから、風に舞う灰のような声がした。

「私は、捨てたりなんて……。乱暴をしてきたのは、そっちでしょ……」

火凜《かりん》の目にはもうなにも映らなかった。


自宅に帰った火凜《かりん》は、楓《かえで》にメッセージを送信する。

日時と指定場所、そして勝負の内容が記載されたメッセージだ。

スマホを放り投げ、花札の散乱した床を踏みしめ、ベッドに倒れ込む。

唇を撫《な》でて、火凜《かりん》は暗闇につぶやいた。

「……許さないんだから、楓《かえで》……」

MARETSUMI

第七話

♥

女と女に滅茶苦茶にされる女

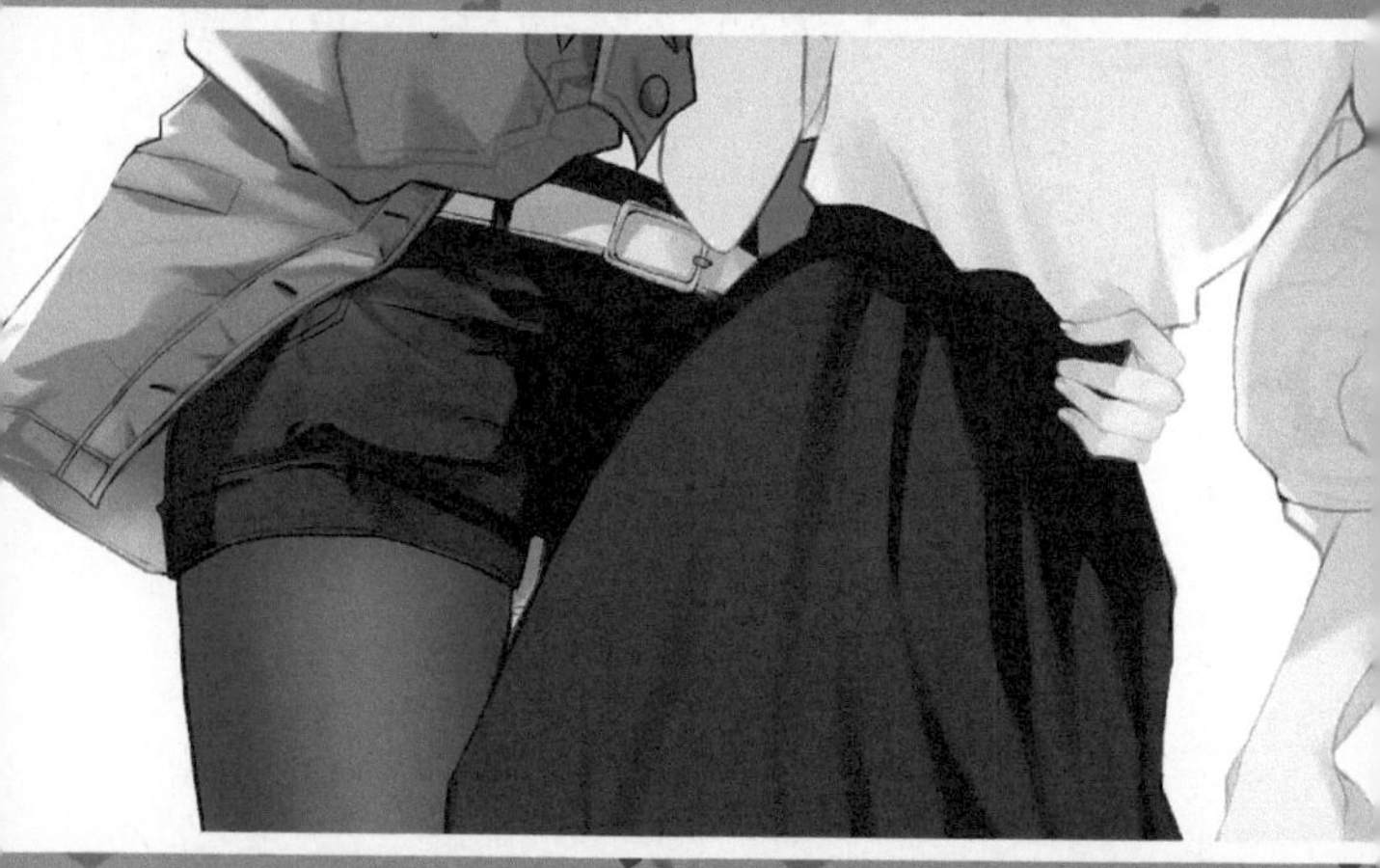

MARETSUMI

yuri ni hasamareteru
onna tte, TSUMI desuka?

MARETSUMI

『ラブホ女子会』と聞いて思い描くイメージは、どういったものだろうか。

オシャレ、華やか、陽気、楽しくて、いい匂い。

最後のひとつは、実際その通りだった。最後のひとつだけは。

「あの、これ……」

茉優《まゆ》は部屋の入り口で立ち尽くしていた。

その左右に、絶世の美少女である楓《かえで》と火凜《かりん》を侍《はべ》らせながら。

「わたしはいったいなぜ、こんなところに……？」

「また意識を飛ばしてたの？ 茉優《まゆ》」

火凜《かりん》が毒を含んだ花のように笑う。

「前にもそんなことがあったんだ？」

「そうだよ、あたしがキスしたときに――」

「――わーわーわー！」

大声で騒ぎ立てる茉優《まゆ》を、楓《かえで》がじとっとした目で眺める。

「へえ……茉優《まゆ》ちゃん、火凜《かりん》ともキスしたんだ？」

「いや、あの、その………」

「ちょっと茉優《まゆ》、どうして言い淀《よど》んでいるの？ このあたしとキスできたなんて世界中に誇るべきことじゃない？」

「ねえ、茉優《まゆ》ちゃん。私ひとり相手じゃ、物足りなかった？　言ってくれたら、いつだってそばにいてあげるのに」

左右から挟まれて、茉優《まゆ》の頭はどうにかなってしまいそうだった。

ただとにかくひたすらに、左右からどうしようもなくいい匂いがした。

なぜこんなことになってしまったのか。

いや、どっちみち、いずれこのような展開になることは明らかだったのだ。

先日のこと。

茉優《まゆ》は普通に出勤し、普通に働いて帰ろうとしたところで、普通じゃないことが起きた。

圧倒的な美少女のふたり——楓《かえで》と火凜《かりん》に、挟まれたのだ。

『ど、どどどど、どうしましたか⁉』

どうしましたか、ではない。ふたりにキスをされて告白されておきながら、この期に及んでまだ決断できないのがこの朝川茉優《あさかわまゆ》という女であった。

『あのね、ごめんね。あたしたち、茉優《まゆ》の気持ちを少しも理解してなくてさ』

『うん、つらかったよね、茉優《まゆ》ちゃん』

『え⁉』

ふたりがタッグになって襲いかかってきた。

どう考えてもおかしいはずなのに、このときの茉優《まゆ》はじーんと感動さえしてしまった。

更衣室。メイド服のふたりに行き場を塞がれて、着替えたばかりの茉優《まゆ》は涙目を拭う。

『そんな、わたしなんて優柔不断で、右へフラフラ、左へフラフラしているだけなのに……う
う、おふたりに優しい言葉をかけてもらえるだなんて……』

『茉優《まゆ》は優柔不断ではないと思うけど』

『むしろ決断力がある方だよ。きっぱり（その場では）どちらかを選んでくれているもんね。

ただ欲望に弱いだけで』

『うう、ありがとうございます……』

当たり前だが、褒められてはいなかった。

『だからね、私たち考えたんだ』

『そんな苦しみから、茉優《まゆ》を解放してあげようって』

茉優《まゆ》の視界がにじむ。

『楓《かえで》さん、火凜《かりん》さぁん……』

『うん、だからね』

茉優《まゆ》の腕を、楓《かえで》と火凜《かりん》が摑《つか》んだ。

『ラブホいこっか』

『えっ⁉⁉⁉』

『大丈夫、女子会だから。三人でね』

『あっ、な、なーんだ！　それなら安心ですねー！』


——安心なはずがないのだ。

かくして、茉優《まゆ》はここにいるわけで。

入ったラブホテルの部屋は広々としていて、まるでスイートルーム並だ。もちろん、茉優《まゆ》はスイートルームにも入ったことはない。

しかし、きらびやかな部屋はやっぱりいい。テンションがあがってくる。

「わー、すごいですね、ラブホ女子会ってこういうところでやるんですね！　わー、キラキラしててきれいー！　素敵ー！」

広々とした天蓋付きのベッドにはなるべく目を向けないようにしつつ、茉優《まゆ》はあちこちをちょこまかと探索していた。

変わった造りなのは、向こう側とこちら側で、二部屋あるところだ。

一通り、浴室まで見て回ったところで、戻ってくる。

手招きをされた。

「ちょっとおいで、茉優《まゆ》」

火凛《かりん》と楓《かえで》は、テーブルの前にいた。

ふたりの間に座るよう言われ、従う。

テーブルには二枚の紙が置かれていた。

「なんですか、これ」

「読んでみてね」

「ええと」

声に出して読み上げる。

「恋人契約書……って、なんですかこれ⁉」

両側を挟まれて、抜け出せない。

『恋人契約書
契約者　朝川茉優《あさかわまゆ》は、同意の下、恋人関係を締結することを誓約する。
2020年　月　日』

下の方には、第一条から第十三条まで、細かな規約が並んでいる……。

書類は二枚。楓《かえで》のサインが入っているものと、火凛《かりん》のサインが入っているものが、それぞれ置いてあった。

「こ、これって⁉」

「恋人契約書だけど」

「それは読めばわかりますよ　だって書いてあるんですもん！」

「ペンはここに。朱肉もあるから、締結する際にはちゃんと拇印《ぼいん》をお願いするね」

「そ、そうじゃなくて！」

左右の楓《かえで》と火凛《かりん》に、茉優《まゆ》は叫ぶ。

「な、なんでこんなものが用意されているんですか⁉」

火凛《かりん》が肩をすくめる。

「これに関しては、あたしと楓《かえで》の意見が一致しているんだけどね」

楓《かえで》は不満げに目を逸《そ》らす。

「茉優《まゆ》ってさ、あんまりにもチョロいじゃん？」

「そ、そんなことはないですよ⁉　清い体のままで、23年間過ごしてきたんですから！」

「あはは、それ誰にも好かれたことがないだけでしょ」

強烈な一発が茉優《まゆ》のボディに打ち込まれた。

これにはたくさんの茉優《まゆ》ズも、一撃で轟沈《ごうちん》は免《まぬが》れない。

「そ、そんなこと……そんなことないですもん……」

火凛《かりん》は気にせず笑顔で話を進める。

「だからね、あたしが口説いているときはあたしのことが好きで、楓《かえで》に口説かれているときは楓《かえで》のことが好きになっちゃうじゃない？」

そこだけ聞くと、あまりにも最低だ。

楓《かえで》が耳にささやく。

「いいんだよ、茉優《まゆ》ちゃん。しょうがないよね、人生で人に好かれたことなんてなかったんだから、舞い上がっちゃうよね。そういう茉優《まゆ》ちゃんのこと、かわいいって思っているよ」

「ううう」

「てかさ、茉優《まゆ》だけじゃなくて、もしかしたら世界中の子がみんな、あたしと楓《かえで》に口説かれたら、そうなっちゃうのかもしれないし」

現に同僚のメイド喫茶の子たちは、そのケがあった。

そこまで聞いて、とりあえず茉優《まゆ》は話を聞く態度に戻る。

「あの、それで……？」

「契約書ってわけ」

火凜《かりん》が一枚のぺら紙を見せつけてくる。

「今からあたしと楓《かえで》で、茉優《まゆ》をとろとろのぐっちょぐちょにするような、寸止めを繰り返してあげるからさ。どうしても続きをしてほしいってなった時点で、この紙にサインするの」

「もう片方の紙は、ちゃんと破り捨ててね」

「と、とろとろの……⁉」

茉優《まゆ》の顔がどんどんと赤くなってゆく。

火凜《かりん》が唇を舐《な》めて、微笑《ほほえ》む。

「そうしたら、ちゃあんと天国に連れていってあげるからね、茉優《まゆ》」

楓《かえで》は茉優《まゆ》の耳に息を吹きかけてきた。

「ちゃんとはっきりしなきゃだめだからね、茉優《まゆ》ちゃん。ふたりにずっとかわいがられたいのもわかるけど、甘やかしてあげるのはきょうでおしまい」

「はうう……」

背筋が震え上がる。

楓《かえで》と火凜《かりん》が、それぞれ左右の耳からささやきかけてきた。

『ねえ、どっちを恋人にするの？』

この日、茉優《まゆ》の脳は完膚なきまでに、完全に破壊されてしまうかもしれない。

アルコールも口にしていないのに酔っぱらったような気持ちで、茉優《まゆ》はそう思った。

だから、おもむろに茉優《まゆ》はペンを手にする。

近くにあった紙に、自分の名前を書き始めた。

「ちょ、ちょっと⁉」

焦《あせ》ったのは火凜《かりん》だ。

なんと茉優《まゆ》が名前を記入したのは、楓《かえで》との契約書だったからだ。

「ねえ茉優《まゆ》、そんなにアッサリと決めちゃうの⁉」

「怖い顔をしたって無駄だよ」

楓《かえで》がかばうように、茉優《まゆ》を抱き寄せた。

「茉優《まゆ》ちゃんはとっくに私のことを選んでくれたってことなんだから。ねえ、そうだよね？」

「いえ…………」

テディベアのように楓《かえで》に抱かれながら、茉優《まゆ》はうつろな目をした。

「なんだかこのままじゃ、ドキドキで死んじゃいそうなので、とにかく名前を書かなきゃって思って、書いてみました……」

「待って⁉」

これには楓《かえで》もご立腹。

「そんな決め方、だめだよ。ちゃんと選んでくれないと」

「でも、だって！」

茉優《まゆ》が机を叩《たた》いて、悲鳴をあげる。

「楓《かえで》さんも、火凜《かりん》さんも、どっちもすっごく綺麗《きれい》だし、でもわたしはふたりのこと結局ぜんぜんわからなかったしで、どうしようもないんですもん！」

完全に泣き言であった。

「だったら、どちらの方を選んだって、もう一緒じゃないですか！　なんでふたりも同時にわたしのことを好きになっちゃうんですか⁉　許してくださいよ！」

そのぐるぐる目に、楓《かえで》と火凜《かりん》はたじろいだ。ここまで茉優《まゆ》を追い詰めてしまったのか、と。

だがそれも一瞬のこと。

すぐに調子を取り戻して、茉優《まゆ》の頭をナデナデ、背中をナデナデする。

「ああもう、わかったわかった。追い詰めすぎたあたしたちが悪かったってば」

「ごめんね、茉優《まゆ》ちゃん。苦しめたいわけじゃないんだよ」

「いえ、最悪なのはハッキリできず、どちらも選べないわたしなので……」

それは確かにその通りだ。

楓《かえで》も火凜《かりん》も、相手に好意を抱かせるためのエキスパートとして育てられた。役目を与えられれば、企業スパイや、潜入工作、政治家の接待から情報を持ち帰るなど、様々な役割をこなせるだけの器はあるだろう。

なのに、送り込まれた先は、ただの一般人。

しかも日頃から運がないと嘆いている独身女性、23歳だ。

いうなれば、これはネギを切るのに日本刀を持ち出すようなものである。

茉優《まゆ》にも同情の余地があると考え、火凜《かりん》は提案内容を変える。

「だったら、きょうはふたりとそれぞれお話をしてみて、それから決められるようだったら改めて茉優《まゆ》にじっくり選んでもらうっていうのはどう？」

まるで幼児をあやすようにゆっくりと、口に出す。

茉優《まゆ》はちらちらと火凜《かりん》の顔色を窺《うかが》っていた。

「ほらほら、火凜《かりん》お姉ちゃんだよ。こわくないよ、こわくないよ、茉優《まゆ》」

「わ、わたしの脳を破壊したりしませんか……？」

「そんな物騒なこと、最初からする気なかったけど……で、楓《かえで》は？」

火凜《かりん》が茉優《まゆ》へのものとはまったく違う鋭い視線を送ると、もちろん楓《かえで》もうなずいた。

「茉優《まゆ》ちゃんがいいなら、それでいいよ」

「……楓《かえで》って、やっぱり茉優《まゆ》に甘いところあるよね」

「だってかわいいんだもの」

「別にいいけど」

話は決まったようだ。

「では……その、そういう感じで、お願いします……」

すっかり怯《おび》えてしまった茉優《まゆ》をなだめすかしながら、本日のメニューは変更となった。

超絶あまあまイージーコース。まるで子供だましのよう。

火凜《かりん》はこれみよがしに肩をすくめて、口《くち》の端《は》を吊り上げて笑った。

「あーあ、せっかく茉優《まゆ》がもう『わん』と『くぅーん』しか言えなくなるようなプランニングをしてきたのに、ぜんぶ無駄になっちゃった」

「火凜《かりん》……。ようやく落ち着いたところなんだから、あんまり刺激しないようにしてね」

楓《かえで》に抱きつきながら、茉優《まゆ》は今にもあふれそうなコップの水ぐらい情緒不安定になっていた。


掛け値なしの美少女が同時にふたりも迫ってくる恐怖というものを、茉優《まゆ》は甘く見ていた。

最初は『うわあラッキー！』ぐらいの気持ちでいたのだが、よくよく考えてみると事態はそう単純に済む話でもなかった。

楓《かえで》か火凜《かりん》か、そのどちらかの人生を、わずかでも拘束してしまうのだ。

もし、ある日突然、ふたりが『ごめん、気の迷いだった』と言ってきたら、茉優《まゆ》はひとしきり泣いた後に納得するだろう。

まあ仕方ないな、と思うはずだ。だって今までそうだったのだから。

なのに、いよいよふたりは本気になって、恋人契約書なんてものを突きつけてくる有様《ありさま》。

これが恐怖ではなく、なんだというのか。

「という感じなんですが……伝わりましたでしょうか……？」

「まあ、うん、まあ」

楓《かえで》はなんとも曖昧にうなずいた。まずは楓《かえで》から。というわけで、茉優《まゆ》は奥の部屋へと連れていかれていた。二部屋あるラブホテルが選ばれたのも、こういうわけだ。

今はふたりきり、ソファーに並んで座っている。

キラキラとした室内の明かりに照らされた楓《かえで》は、いつにも増して美しく見えた。

「いや、ごめん。ちょっとわかんない、かな。好きって言われて、嫌なの？」

「そ、そんなわけないじゃないですか！　この世の春です。世界でいちばん最高の瞬間でした……。だから、おふたりには感謝しているんです……」

「感謝しているんだったら、私と付き合ってほしいな」

顔を近づけてくる楓《かえで》に、茉優《まゆ》は再び焦《あせ》り出す。

「わ、わかりました、お付き合いします……！」

目を瞑《つぶ》って告白を受け入れる茉優《まゆ》に対して、ぬか喜びをしたりはしない。

そろそろ楓《かえで》も、パターンが読めてきたらしく。

「……でもそれ、あとで火凜《かりん》にも同じこと言うんでしょ？」

「ううう……」

茉優《まゆ》は両手で顔を覆う。

図星だった。

「ふたりの間に挟まれることが、こんなにつらいなんて、わたし知りませんでした……！」

「茉優《まゆ》ちゃん」

苦悩する茉優《まゆ》を、ぎゅっと抱きしめる。

「大丈夫だよ。今は苦しいかもしれないけれど、私を選んでくれたら、それもぜんぶ幸せになるから」

「ひ、楓《かえで》さん……」

「逆に」

楓《かえで》はじっと茉優《まゆ》を見据える。

「火凜《かりん》を選んだらもう大変だよ」

「えっ⁉」

「めちゃくちゃに振り回されて、落ち着くときは一切なくて、今以上の苦しみが一生続く。おまけに来世もクマになって、人間に退治される」

「ちょ、ちょっと待ってください」

ストップをかけられた。

「なんで急に、火凜《かりん》さんを貶《おとし》める方向にいっているんですか……？」

「私は、茉優《まゆ》ちゃんのためを思って、言ってあげてるの」

それはまさしく、楓《かえで》自身の株が茉優《まゆ》にとってストップ高になってしまっているのならば、火凜《かりん》の株を下げればいいのではないか？　という発想の転換だ。

けれど、楓《かえで》は別に嘘《うそ》をついているわけではないようで。

「実際に、火凜《かりん》だけはやめておいたほうがいいから」

「そ、そうなんですか？　えと……なにかあったんですか？」

楓《かえで》は一瞬、言葉を飲み込んだ。

「……ちょっと、昔に」

「ケンカでも、したんですか……？」

心配そうな顔をする茉優《まゆ》の頭を、楓《かえで》が撫《な》でてきた。

「まあ、そんなところ。あれは、茉優《まゆ》ちゃんの手に負えるような子じゃないよ」

「とはいえ、楓《かえで》さんも別にわたしの手に負えているわけではまったくないんですが……」

どんなに火凜《かりん》の悪行を吹き込まれたところで、それで評価がプラスにもマイナスにもなることはない。

「ていうか、あの……最後まで決められなかったら……？」

最悪に最悪を重ねるような発言だが、茉優《まゆ》は思わず尋ねてしまう。

だって、楓《かえで》も火凜《かりん》もどちらも最高級の美少女なのだ。点数をつけるとしても、一兆点ｖｓ一兆点の勝負なのである。それなら当然、より接触した回数が多い方の勝利になってしまうのは、仕方ないことじゃないか！

一般人代表の悲痛な質問を聞いて、楓《かえで》は自信ありげに顔を近づけてくる。

「大丈夫。そのために今、私がこうして茉優《まゆ》ちゃんと一緒にいるんだから」

「あ、あぅ……」

「好きだよ、茉優《まゆ》ちゃん」

その告白は、何度も聞いたというのに、ちっとも慣れず茉優《まゆ》の胸を揺らす。

「茉優《まゆ》ちゃんのことを思うとね、心がぽかぽかと温かくなるんだ。アルバイトのない日でも、ぼんやりと茉優《まゆ》ちゃんのことを考えたりしているんだよ」

「そんな……それって……」

「きっと、同じ気持ちだって信じてる」

楓《かえで》は潤んだ瞳で、茉優《まゆ》を見つめてくる。

「私は、これからも茉優《まゆ》ちゃんの隣にいたいから。ね、お願い、私の手を取って」

前に差し出したその手のひらを、茉優《まゆ》は慌てて摑《つか》もうとして。

しかし、楓《かえで》はするりとかわした。

「あっ」

「この続きは、火凜《かりん》と話してから、ね」

楓《かえで》の精一杯の告白は、確実に茉優《まゆ》の深いところに突き刺さっていた。

少しの風であっちへフラフラ、こっちへフラフラと漂う茉優《まゆ》が、今ようやく地に根を張ったような感じだ。

そして楓《かえで》もまた、確かな手応えを覚えていた。

最後のひと押しに、にっこりと微笑《ほほえ》む。

「お願い、私だけのトクベツになって。茉優《まゆ》ちゃん」

その言葉は、茉優《まゆ》がずっと憧れていたもので。

すっかりハートの目になった茉優《まゆ》は、先生に初めて褒められた園児のようにうなずいたのだ。

「はい！」


「というわけで、すみません」

ベッドに足を伸ばして座りながら火凜《かりん》は、謝罪する茉優《まゆ》を見上げていた。

茉優《まゆ》の目は、やたらとキラキラして、未来を見つめている。

「わたしの心はもう、楓《かえで》さんのものになってしまったので……」

胸に手を当てた茉優《まゆ》は、清らかな笑みを浮かべた。

「火凜《かりん》さん、ほんとにありがとうございました。こんなわたしのことを好きになってくださって。わたしは幸せものですね……。火凜《かりん》さんのぶんまで、幸せになりますからわたし――」

「えい」

「きゃあ⁉」

そこまで言ったところで、火凜《かりん》にベッドに押し倒された。

「このパターンにいちいち付き合うの、もうめんどくさい」

「か、火凜《かりん》さん⁉」

「言っておくけど、あたしは恋人に別れを突きつけられたら、幸せになってほしいとか微塵《みじん》も思わずに、一生なにひとつ楽しいことがなく泣いて暮らしてほしいけどね」

「なんてことを⁉」

上にのしかかってきた火凜《かりん》は、無邪気に微笑《ほほえ》んでいる。

「それで、なにが幸せだって？」

「で、ですから、わたしは楓《かえで》さんと……」

「──茉優《まゆ》の幸せはね、あたしが決めてあげる」

火凜《かりん》は前に倒れ込み、茉優《まゆ》の首筋に顔をうずめた。

小さな舌が、ちろりと素肌を舐《な》める。

「ひぁっ……⁉」

思わず声が出てしまう。

直接攻撃だ！

「こ、これは、うわき、浮気《うわき》ですよ……⁉」

「あたしを選びさえすれば、茉優《まゆ》はもうなにも考えなくていいんだよ。ずっとずっと、浅い眠りの中を揺れるような心地で、いさせてあげる」

しばらくは唇を引き締めて、なんとか我慢しようとしていたのだけど。

火凜《かりん》に耳を甘噛《あまがみ》され、その決意はあっけなく瓦解《がかい》した。

「だ、だめですよぅ……！」

「……ふふっ、ばーか」

「っ」

火凜《かりん》が目を細める。鮮やかな色気に、胸が痛いほどドキドキした。

スカート姿の火凜《かりん》は、茉優《まゆ》の上半身を覗《のぞ》き込《こ》んでくる。

まるでご主人様にじゃれつくいたずらっぽい猫のようだが、その目は捕食者。

人を一撃で狩るパンサーに狙われた茉優《まゆ》は、身を固くすることしかできない。

「邪魔だから、ほら、脱いじゃえ……」

「ちょっ、まって、まってくださぁ」

ぷちぷちぷちと、ひとつひとつボタンが外されてゆく。

些細《ささい》な抵抗を試みるも、火凜《かりん》の指先は魔法のように茉優《まゆ》の手をすり抜けた。

気づいたときには、上も下も下着姿にされていた。

意外と着やせするその身体《からだ》を守るのは、もうフリルのついたブラジャーとパンツだけ。あまりにも心細い鎧《よろい》だ。

「か、火凜《かりん》さん……これ以上は……」

「なに言ってるの？　これからじゃん」

すすすと、火凜《かりん》の指先が茉優《まゆ》の鎖骨から胸元へと伝う。

楓《かえで》は茉優《まゆ》を口説いてきたが、火凜《かりん》のこれはまったく違う。

火凜《かりん》は茉優《まゆ》に、襲いかかっていた。

「ひゃっ」

背筋がびくんとはねて、茉優《まゆ》は思わず顔を手で覆った。

「は、恥ずかしいんですけど……！」

「女の子同士でしょ？」

「火凜《かりん》さんに、そういうトクベツな目で見られていることが、問題なんです……！」

あまりにも状況に流されてしまって、頭の中からどんどんと楓《かえで》が押し出されてゆく。

火凜《かりん》の存在感が、茉優《まゆ》を檻《おり》のように囚えて離さない。

「わ、わたしは、楓《かえで》さんと、楓《かえで》さんとぉ……」

「なにお利口さんぶってるの……？　素直になっちゃいなよ。楓《かえで》はこんなこと、してくれないよ。誰と付き合うべきなのか、よぉく考えてみて」

汗ばんだ肌にまで、赤みが差す。

火凜《かりん》の片手が茉優《まゆ》のふとももを撫《な》で上《あ》げる。

そのたびに茉優《まゆ》の体がはねた。

「か、火凜《かりん》さん……」

「ね……茉優《まゆ》がほんとに好きなのは、どっち？」

その指にもてあそばれて、茉優《まゆ》は思わず叫んでしまう。

「か、火凜《かりん》さん――！」

タイムアップになって楓《かえで》が乱入してくるまで、茉優《まゆ》は火凜《かりん》に弄ばれ続けた。

一箇所にとどまることなく、振り切れる好意。まるでメトロノームのような茉優《まゆ》だった。

＊＊＊

結局――。

下着姿のままの茉優《まゆ》の目の前には、二枚の恋人契約書。

そして、そのどちらにもサインが記されていた。

茉優《まゆ》は今すぐ死んでしまいたいとばかりに、顔面を両手で覆っている。

見るも無残な姿であった……。

「あーあ、これじゃまだまだ決着はつかないねー」

火凜《かりん》はなぜか嬉《うれ》しそうだった。

「……ちょっと来て」

そんな火凛《かりん》の手を引いて移動し、楓《かえで》が部屋の隅で目を吊《つ》り上《あ》げる。

「火凛《かりん》は、この結果を予想していたんじゃない？」

「えー、なんでそんなこと言うの？　濡《ぬ》れ衣《ぎぬ》じゃん？」

「遊びだから、いつまでも長引かせるつもりなんでしょ。そうに決まってる」

火凛《かりん》は大きくため息をつく。

楓《かえで》の苛立《いらだ》ちを誘う仕草だ。

「だとしてもさ、それって楓《かえで》が実力不足なだけじゃない？　茉優《まゆ》の心を完全に堕とすことができなかったんだから」

「違う、それは」

楓《かえで》が指差す先には、今もどよーんと落ち込んでいる茉優《まゆ》の姿。

「あの子が誰でもいいって言うから、それだけで」

「ふぅん」

火凛《かりん》が意地悪く微笑《ほほえ》んだ。

それは自分が圧倒的有利だと確信しながら、相手の手番を待つときの顔だ。

楓《かえで》はしまったと後悔する。そんなことを言うつもりはなかったのに。

「じゃあ、お母様方に言って、相手を変えてもらおうか？」

「え……？」

火凜《かりん》は唇の端で小指を舐《な》める。

「楓《かえで》も今、言ったじゃない。あの子が相手だと、乗らないんでしょ。だったら別の、一度だって恋をしたことがないような、お堅い男の人でも、誰でもいいよ」

「でも、それは……」

「仕切り直そっか。ねえ？　そうして相手を変えてさ、また気に入らなかったら何度でも。楓《かえで》もはっきりさせたいんでしょ。あたしと楓《かえで》のどちらが上なのか」

火凜《かりん》の細長い指が、さわ、と楓《かえで》の胸を撫《な》でる。

「そして、下なのかを」

もう片方の手が、楓《かえで》の腿《もも》に伸びてくる。

「やめて！」

楓《かえで》は火凜《かりん》を突き飛ばした。

「ちょっとは真面目にやっているのかと思ったのに」

「あたしはずっとマジメだけど」

「嘘《うそ》ばっかり。そんな風に、人のことを玩具のように見るあなたとなんて、もう関わりたくなかった」

「なにをいい子ぶっているんだか。自分だって、茉優《まゆ》のことを任務のためにって、めちゃくちゃにしようとしてたくせに」

「私はちゃんと、好きになろうとして」

「そっちのほうがいびつだと思うな、あたしは」

「……いびつって、なに？」

「だってそうじゃない。本来あたしたちはこういうことをするために育てられたのに、いちいち相手を好きになってたら体がもたないでしょ。それはプロとしてどうなの？」

「それは……」

楓《かえで》は答えられずにいると、火凜《かりん》はますます調子に乗る。

「だったらさ、仕事を楽しむあたしのほうが健全でしょ？」

ま、どっちでもいいけど、と火凜《かりん》は首を横に振って、色濃く笑った。

「結局、残るのはあたしと楓《かえで》の縁だけ。あの日始まったあたしたちの戦いは、これからもずっと続いてゆく」

そう言った直後のことだ。

楓《かえで》と火凜《かりん》のスマホが、同時に鳴り出す。

いまだ浮世に戻ってこれない茉優《まゆ》の様子を窺《うかが》いつつ、楓《かえで》はスマホを耳にあてた。

「もしもし……」

『あっ、すみません、お嬢』

「すみれ？　どうしたの？」

雪で止まった電車の状況を知らせるみたいな、切羽詰まった声で。

すみれは、言った。

『中止、です！』

「え？」

『ですので——この任務は、中止になっちゃったんす！』

見やれば、少し離れたところで電話をする火凜《かりん》の顔も、青ざめていた。

「え？」

あまりにも急な話に、もう一度問い返す。

中止って、なんでいきなりそんなことに。

「うう〜、わたしは罪な、あまりにも罪な人間………」

静まり返った部屋の中、茉優《まゆ》の苦悶《くもん》の声だけが響いていた。

第八話

女と女の決断

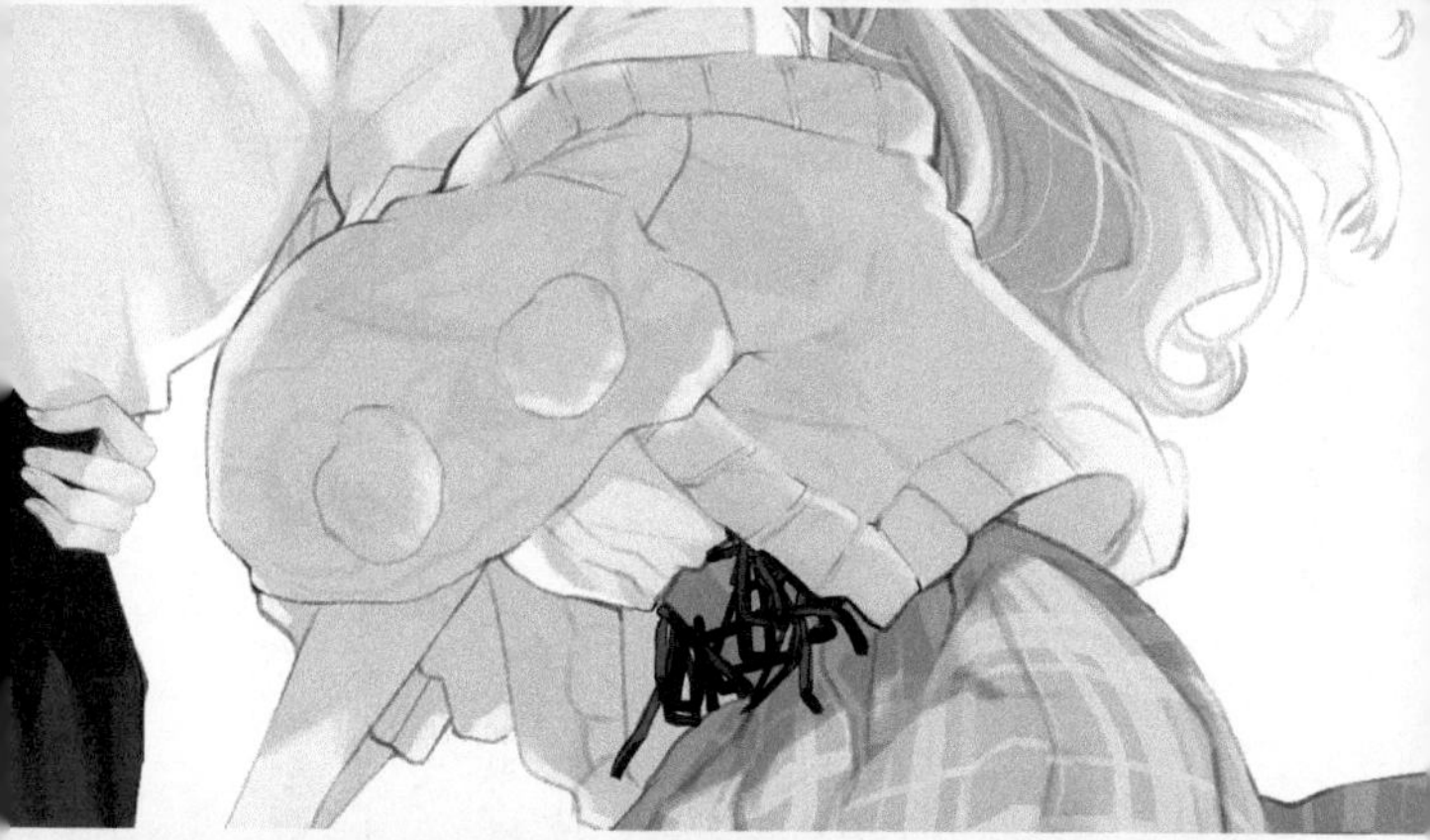

MARETSUMI

yuri ni hasamareteru
onna tte, TSUMI desuka?

MARETSUMI

「ねえ、どういうこと？」

自宅へ戻ってきた楓《かえで》が問い返すと、すみれは申し訳なさそうに瞳を潤ませた。

「いや、だからですね……急遽《きゅうきょ》、今回の作戦は中止ってことになりまして……」

作戦の中止に伴って、ラブホテル女子会もまた、途中解散となった。

茉優《まゆ》は解放されて半分はホッとしている様子だったけれど、不気味なのは火凜《かりん》だ。ずっと押し黙っていて、一言も発さないまま駅へと消えていった。その後ろ姿はいつになく小さく見えて、またしても楓《かえで》の心をかき乱した。

ただ、楓《かえで》は納得していなかった。

「なんで中止になったの？」

「その理由は、ちょっと、私からじゃなんとも……」

楓《かえで》の苛立《いらだ》ちに、すみれはどこか怯《おび》えているようだ。

今にも土下座しそうな態度の彼女に、楓《かえで》は頬を緩ませた。

「……わかった。責めちゃって、ごめんね」

「お嬢……」

「お母さんに聞いてくる」

「ちょ、ちょっと、お待ちくださいお嬢――」

制止を振り切った楓《かえで》は、床板を踏みしめながら廊下を行く。

突き当たりの大広間。ふすまを開け放つ。

そこには大勢の組員が集まっていた。

強面《こわもて》たちは一斉に『あ?』とこちらに睨《にら》みを利《き》かせてくるも、楓《かえで》だとわかると、すぐに気まずそうに目をそらした。

代わりに、後ろから追いついてきたすみれが怒鳴りつけられる。

「おい新条《しんじょう》!　お嬢見張っていろって言っただろ!」

「なにやってンだてめえ!」

「す、すみません!」

「怒らないであげて。すみれさんは悪くない。私が納得できてないから、ここにきたの」

まるで氷のように冷たい視線が最奥《さいおう》——上座に注がれている。

組長、神枝環《かみえだたまき》がそこにはいた。

「楓《かえで》。今は大事な話をしているところさ」

静かなのに迫力のある声だ。

組員たちの前だ。どんなに普段が優しい母親でも、ここで見せる顔は鬼と変わらない。

楓《かえで》は怯《ひる》みそうになる気持ちを押し殺し、じっと環《たまき》を見返す。

「中止って、どうして?　私は真剣にやってきたよ」

「あんたも、うちの組の一員なら、上の言うことは絶対、でやってきたろう」

「私は、神枝組《かみえだ》に盃《さかずき》もらってるわけじゃないし」

確かに楓《かえで》は未成年だし、別に親の家業を継ぐ必要はないと、普段から言い聞かせられていた。

キチンとした教育の賜物《たまもの》だ。

「タイムリミットだよ」

ため息交じりに、環《たまき》が告げる。

「なんの？」

環《たまき》は少し迷った顔を見せたが、楓《かえで》は頑固だ。伝えない方が面倒だと判断したのだろう。渋々口を開く。

「サツだよ、サツ。あんたらなんかやってんだろ？　って難癖つけられちまったよ」

「警察に……」

「前から目をつけられていただろ？　あたしゃ久利山《くりやま》のとこにもお偉いさんがやってきて、厳重注意をしてきたぐらいだ。あんたと久利山《くりやま》の娘、レストランや百貨店で派手にふるまったそうじゃないか。市民から通報があったから、ってね。やだやだ、繊細すぎて参っちまうね」

「でも、私はおかしなことなんて、してない」

アルバイトをして、茉優《まゆ》と連絡をとって、たまに遊びに行ったりして。

ただそれだけだと楓《かえで》は主張する。

しかし、母である組長の意見は違う。

「やっているじゃないか、神枝《かみえだ》組と久利山《くりやま》組のメンツ争いをさ。これが続けば前みたいな騒ぎになるから、ってこと。あんたならお目こぼしされるかなって思ってたのに、そういうわけにもいかなかったようだ」

はぁ、と嘆息する環《たまき》。

「すんません、組長……。俺が、急性アルコール中毒で、病院に運ばれちまったせいで……」

「いや、俺こそ、カラオケ大会で気合い入りすぎて、窓ガラス割っちまったから……！」

「それを言うなら俺だって！」

続々と泣き言を漏らす組員に、組長は一喝した。

「今さら言ってどうすんだい！　馬鹿な子たちだね！」

バン、と環《たまき》がテーブルに手をついた。

大広間が静寂に包まれる。

「……はぁ、だけどね、次にやったらこの中の誰かがパクられてもおかしくない。別にあたしたちはそんなの覚悟の上でやっているが……あんたは、違うだろ？」

「え？」

母の深い瞳の奥には、ほんの少しのゆらぎがあった。

「あたしはあんたの人生に責任があるのさ。ポリ公なんぞに難癖つけられるような真似《まね》はさせたくない。だから、これ以上は辞めだ」

「それって……」

楓《かえで》はようやく自分の置かれている状況を悟った。

もしここで無茶をすれば、望んでいた『フツーの人生』が手に入らなくなるかもしれない。

言葉を失う楓《かえで》に、環《たまき》は声から険を抜く。

「これはね、久《く》利《り》山《やま》のとも話がついているんだ。だから、これ以上危ない橋を渡る必要はないってことさ。楓《かえで》、あんたはもう手を引きな」

「……」

楓《かえで》は翳《かげ》りのある顔で俯《うつむ》く。

「この勝負は、どうなるの？」

「引き分けになるかねえ」

火《か》凜《りん》の顔が思い浮かぶ。

決着をつけたがっていた彼女も今頃、屋《や》敷《しき》でこの話を聞いている頃だろう。

「なら、朝《あさ》川《かわ》茉《ま》優《ゆ》とは」

「会わないほうがいい。万が一ってこともある。どこに警察が張ってて文句つけられるか、わかったもんじゃないからね」

楓《かえで》の胸はきゅっと締めつけられる。

こんなことが突然起きるだなんて。

まだお別れもしていないのに。

組員が見守る中、環《たまき》は話を締めくくった。

「七番勝負もしばらく休止だ。楓《かえで》、あんたは普通の女の子に、戻りなさい」

「…………」

憧れていたはずの、フツーを押しつけられて。

楓《かえで》は、部屋を出ていった。

＊＊＊

あっという間に、なにもかもが変わってしまった。

正しくは、元通りと言ったほうがいいのかもしれない。

楓《かえで》は、学校では目立たぬようずっと伊達《だて》メガネと偽装の地味なメイクで過ごしている。そんな代わり映えのしない日常に戻ったのだ。

「ねえ、神枝《かみえだ》さん」

「……？」

教室の隅、窓から外を眺めていたところで、声をかけられた。

何度か話したこともある、クラスメイトの女の子がふたり。

「うん、あのね。もしよかったら、きょうの帰り、カラオケいかない？」

「20%オフのクーポンもらってさ、よければ神枝《かみえだ》さんもどうかなって」

あまりにも珍しいこともあるものだ。きょとんとして、ふたりを見返す。

伸ばそうとした手を、楓《かえで》は引き戻した。

「ごめん、きょうはちょっと、用事があって」

「あっ、そうなんだ。こっちこそごめんね、急に誘っちゃって。また今度遊びにいこうねー」

「うん、神枝《かみえだ》さん、なんだか前よりちょっと話しやすい雰囲気になったもんね」

「……私が？」

聞き返す。外見は少しも変わっていないのに。

クラスメイトの女子は互いにうなずく。

「なんだろね？　表情が優しくなったっていうか」

「よくわかんないけど、好きな人とかできたのかなあ、とか思ったりして……。あ、なんかヘンなこと言ってたらごめん。まったねー」

手を振り、彼女たちは去っていった。

伊達《だて》メガネの奥の瞳で、楓《かえで》はぼんやりと自分の手のひらを見つめる。

もう任務を与えられることはない。遊びに行きたいなら、迎えのすみれに電話で一報を入れれば、それで済む話だった。せっかくクラスメイトとカラオケなんて、いかにも一般的な女子高生らしくて、楽しそうに決まっているのに。

どうして断ってしまったのか、自分でもよくわからなかった。

ただ、なにもかも嘘《うそ》のままで彼女たちに付き合って、それで自分の願いが叶《かな》うとは思えない。

「……」

騒がしい教室の中の景色が、急に色あせてくる。

ここに自分を知っている人は、誰もいない。

今まではずっと、それでよかったはずだったのに。

(フツー……これが、フツーの日々?)

なにもかもを偽ったまま、大人になって、なにをするのだろう。

不意に耳の奥、火凜《かりん》の声が蘇《よみがえ》る。

『──なれるわけないじゃん』

任務を楽しんでいたのは、きっと、火凜《かりん》だけじゃなかった。

(……なれるよ、私は……)

もしかしたら自分も、非日常の世界こそが生きる舞台だと、気づいていたのだろうか。

だが、すぐに小さくかぶりを振る。

(なれる)

火凜《かりん》に『ほら、やっぱり』なんて言われたくない。

だけど、己を保とうと努めてみても、この曖昧な教室という世界の中では、夢のように滲《にじ》んで溶けてゆくばかりだ。

そんなとき、机の引き出しに入れていたスマホが揺れた。

（なれる……ってば……）

確認して、ドキッとした。

茉優《まゆ》だ。

まだアンブロシアには辞めますと告げていない。だから、今のところは茉優《まゆ》が店長からなにかを聞いて連絡してきた、というわけでもなさそうだ。

茉優《まゆ》の連絡先は消すようにと母に念押しされていたのだが、楓《かえで》には守れなかった。

それをしては、茉優《まゆ》との唯一の繋《つな》がりまでが、絶たれてしまう気がしたのだ。

届いたメッセージには『風邪でアンブロシアをお休みします。こないだはしゃぎすぎちゃったみたいです。楓《かえで》さんもお体に気を付けてください』とあった。

（なんだ……それだけか）

スマホをしまう。

それから再び窓の外に視線を戻して、楓《かえで》は頬杖《ほおづえ》をついた。

こういうとき恋人なら、病人のもとに駆けつけて、看病をしてあげたりするのだろう。

あの家にひとりで寝込んでいる茉優《まゆ》のことを思う。

広い屋敷《やしき》にたった独りで、楓《かえで》が遊びに来るのを待っていた、ある女の子のことを思い出してしまった。

彼女は楓《かえで》がやってくると、いつだって嬉《うれ》しそうに——笑っていた。

（なんであの子のことなんて）

気づけば、楓《かえで》は立ち上がっていた。

（せめて、任務が終わっても、お別れぐらいは言いたい……。言わなきゃ）

カバンを摑《つか》んで、廊下に出る。

人気のないところで、すみれに電話をかけた。

『はいはーい？』

「ごめん、すみれさん。ちょっと学校に迎えに来てくれないかな」

『えぇー？　それはいいんすけど、具合でも悪いんすか？』

「うん、そうなんだ。だから、茉優《まゆ》さんのお見舞いに行きたくて」

『ちょ、ちょっとぉ！』

すみれは情けない声を出した。

『お嬢、それ……本気ですか……？』

「うん。本気」

『〜〜〜〜っ』

電話口の向こうで、すみれは煩悶《はんもん》しているようだった。

『あのすね、この際だからハッキリ言わせてもらいますよ、お嬢』

すみれは少し溜《た》めてから、告げてきた。

『私は組の命令より、お嬢が大事です。だからあのターゲットのことも、気に入りません！ なんでお嬢が身を尽くす義理があるんすか！ あんな女じゃなくたって、お嬢はせめてちゃんと……ちゃんと、愛し合った人と交際をしてほしいです！ してほしくはないすけど！』

「でもそれが私の役目で」

『知らないす！ そんな時代錯誤な話！』

すみれが楓《かえで》に楯突《たてつ》いてくるのは、初めてだ。

「……ごめんね、そんな風に言わせちゃって、すみれさん」

『いや、私は怒ってるんすよ⁉ なんでお嬢はそんな風に、優しいんすか……！』

「すみれさんを、傷つけたいわけじゃないんだ」

『私はただ……お嬢に、お体を大切にしてほしいだけすす……。お嬢は、とってもおきれいな人なんですから……』

ゆくあてのなかったすみれを拾ったのは、楓《かえで》だ。

就職活動中で、なんだかメンタルを病んでいたすみれに『だったらうちに来る？』と声をかけたのがきっかけだ。当時中学生だった楓《かえで》が、魔性の美貌で大人の女をたぶらかした。その第一号がすみれだったのだ。

以降、すみれにとって楓《かえで》は恩人で、仕えるべき主人で。愛する（敬愛的な意味で）女性だ。

「ねえ、すみれさん」

『……はい』

暗い声を出す彼女に、楓《かえで》は目を閉じて微笑《ほほえ》む。

「私、フツーの女の子がするようなことを、してみたかったって言ったよね」

『これからはいくらでもできるじゃないすかぁ』

「ううん。きっとこういうとき、フツーの女の子なら、ちゃんと会って、お別れを言ってくるんだと思うんだよ。私、間違っているかな？」

すみれはしばらく返事をしてこなかった。

楓《かえで》は甘えた声で、告げる。

「お願い、すみれ。私の味方はすみれしかいないから」

その言葉が、トドメだった。

深い、深ーいため息とともに、すみれはへし折れる。

『あのですね、お嬢。お嬢はもっと自分がすっごく好かれているんだって、自覚しないとだめですよ！　私から好かれているんだってことを！』

「大丈夫、自覚してる」

『タチ悪かったー！』

速度制限ギリギリで駆けつけてきたすみれの車に乗り、楓《かえで》は茉優《まゆ》のマンションへと向かう。

母の言いつけに逆らうのも、人の見舞いをするのも、どちらも初めてのことだった。

インターホンを鳴らしてからしばらくして、部屋のドアがゆっくりと開く。

額にベタな冷間湿布を貼りつけて、カーディガンを羽織った寝間着姿の茉優《まゆ》が出てきた。

茉優《まゆ》は楓《かえで》を見てそりゃもうびっくりの顔である。

「えっ⁉ 天使が迎えに⁉」

「それだけ叫ぶ元気があったら、大丈夫そう」

もちろん私服に着替えていた楓《かえで》は、ビニール袋を掲げる。

「台所借りてもいい？」

「だ、大丈夫ですけど……えっ、なんで楓《かえで》さんがここに……？」

キッチンへ向かうと、後ろからはっくしょんという大きなくしゃみが聞こえてきた。

「寝てなきゃだめだよ、茉優《まゆ》ちゃん」

「あうう……す、すみません……って！ そうじゃなくてぇ！」

今度は大きく咳《せ》き込《こ》んだ。

楓《かえで》は腰に手を当てて、振り返る。

「お見舞いにきたの。茉優《まゆ》ちゃんのことが、心配だから。それじゃ、だめ？」

茉優《まゆ》は天井を見上げ、両手を突き上げていた。

「……なに？」

「わたし今、もし自分に恋人がいたら……っていう、最高の体験を味わいました！」

すぐによろめいたので、その体を楓《かえで》が支えてあげる。

「私の言うこと聞いてた？」

「ああっ、そんな……優しくされたら、わたし、頭がクラクラしてきますぅ……！」

「風邪だからね」

楓《かえで》はその場にビニール袋を置くと、両足に力を入れた。

「よいしょ、と」

「ひぇっ⁉」

茉優《まゆ》の背中と腿《もも》に手を差し込んで、お姫様抱っこである。

「ちょっ、お、重いですよぉ⁉」

「そうでもないよ。軽い軽い。このままベッドまで運んであげるね」

「はぅぅ……だ、だめです、汗臭いんで、あまり触らないでくださいねぇ……」

「病人なんだから、仕方ないでしょ」

寝室に立ち入ってベッドの上に茉優《まゆ》を寝かせると、彼女はすぐに布団《ふとん》の中に潜り込んだ。

「パジャマだし、髪もボサボサだし……こ、こんな格好で、こんなところを見せてしまうなんて、恥ずかしいです……」

「弱っているときは、お互い様」

ちらりと布団《ふとん》から顔の上半分だけを出して、こちらを窺《うかが》う茉優《まゆ》。

「楓《かえで》さんも弱ったりすること、あるんですか……？」

「そんなロボットみたいに思われてるの？」

「いやいや、違います。でもなんかいっつも完璧な感じなので！」

「確かに、茉優《まゆ》ちゃんの前だとそう振る舞っている節はあるかな」

そこまで言って、楓《かえで》は目を逸《そ》らす。

「ほんとは、ぜんぜん違うんだけどね」

きょうだって、クラスメイトが誘ってくれたのに、どう反応すればいいかわからなかった。

今はこうして、母親に逆らってまで茉優《まゆ》の家に見舞いにやってくる始末だ。

「そう、なんですか……？」

ふにゃりと眉尻を下げて尋ねてくる彼女に、ついつい本音をこぼしそうになってしまう。

楓《かえで》はわざとおどけて、肩をすくめた。

「今も、おいしくごはんが作れなかったらどうしようって、すっごく緊張しているんだもん」

「なんですかそのメチャカワな緊張……。どんなものでも、楓《かえで》さんが作ってくれたら五つ星ですよぉ……」

「だったら、六つ星を狙っちゃおうかな」

寝室を出ようとして。

足が、ぴたりと止まった。

「ねえ、茉優《まゆ》ちゃん。もし、私が……」

布団《ふとん》をかぶった茉優《まゆ》と目が合う。

茉優《まゆ》は頬を赤らめながらも、微笑《ほほえ》む。

「なんですかぁ……？」

「ううん、なんでもない。ごはん作ってくるから、安静にしててね」

キッチンへ向かった。

もし自分がハニートラップ要員として茉優《まゆ》に接触したことを、告白したとして。

それで罪の意識が軽くなるのは、楓《かえで》だけだ。

本当に自分がプロのつもりなら、最後まで茉優《まゆ》を騙《だま》し通すべきだ。それがせめての、茉優《まゆ》への誠意だろう。

ずーんと胃の辺りが重くなるのを感じながらも、楓《かえで》はフライパンを手に持って、そして。

インターホンが鳴った。

びくりと体を震わせる。

(まさか、警察……？)

すみれが外で見張っていてくれるはずだが、もしかしたら連絡が取れない状況に陥っているのかもしれない。楓《かえで》は忍び足で玄関へと向かう。

しかし、そこにいたのは。

インターホンカメラを確認してから、楓《かえで》はゆっくりとドアを開く。

ビニール袋を提げた、またしても迎えに来た天使のような美少女が立っていた。

「可哀想《かわいそう》で仕方ないペットのために、ごはん作りにきてあげたよ、このあたしがね！」

久利山《くりやま》火凜《かりん》であった。


楓《かえで》の作った焼きうどんと、火凜《かりん》の作ったチーズリゾットの皿は、見事に空になっていた。

「ふぁぁ……おいしかったです、すごい、すごいです……。ふたりとも、料理とってもお上手なんですね！」

「まあ、うちは大家族だし、子供の頃から料理を手伝っていたからね」

「へぇぇ、ご家族さんは何人なんですか？」

「20人ぐらい、かな」

「多っ⁉」

「あーまあ、あたしもそんなもん」

リビングに移動し、ひとつのちゃぶ台で三人は顔を突き合わせている。

火凛《かりん》はぶすっとした顔で、楓《かえで》をじっと睨《ね》めつけた。

「ていうか、なんで楓《かえで》もここにいるの」

「茉優《まゆ》ちゃんが心配だったからだけど。火凛《かりん》こそ」

「あたしだってそう。ふーん、わんちゃん、あたしだけじゃなくて楓《かえで》にもメッセージを送っていたんだねえ？」

「わ、わん……」

火凛《かりん》はティッシュで、震える茉優《まゆ》の唇を拭う。

「ほら、ソースついちゃってる」

「ご、ごめんなさい……」

「まったくもう。別にいいけどね」

嘆息した後で、火凛《かりん》は優しい声を出す。

「なんでここにきたか、だっけ。あのね、あたしって昔、犬飼ってたんだけどね」

「えっと、わたし似の……」

「うん、もう死んじゃったんだけど。だから、茉優《まゆ》も死ぬのかなって思ったら、ちょっとぐらいは優しくしてあげる気になったの」

「死にませんけど⁉　ただの風邪ですけど⁉」

大声を出して咳《せ》き込《こ》む茉優《まゆ》。

自業自得《じごうじとく》っぷりに、火凜《かりん》は「あーあ」と笑う。

「でもね、その子が病気になって、きょう一日が峠かもしれないって言われたとき、あたしはフツーに学校に行ったんだよね。その日は算数の小テストがあって、いい点数を取れば家族も喜んでくれるかもしれないって思っちゃってさ。それがずっと、心残りだったんだ」

火凜《かりん》は茉優《まゆ》の前髪を指でかき分けて、ほんのりと温かく微笑《ほほえ》む。

「帰ってきたら、もう埋められちゃってたし」

「か、火凜《かりん》さん……」

「だからひょっとしたら茉優《まゆ》も埋められてるのかなって、スコップ持ってくるか迷ってさ」

「現代日本はそんな雑に埋められませんよ⁉　死体遺棄じゃないですか！」

ふと、火凜《かりん》は楓《かえで》の視線に気づく。

「……なにさ？」

「ううん。なんだか意外だったから。火凜《かりん》がここに来たのも」

「あたしは本来、ちゃんと優しいの。特に自分のペットにはね」

「あーうー」

わしわしと火凜《かりん》は茉優《まゆ》の頭を撫《な》でる。さっきまで寝込んでいたため、ぼさぼさの髪だから、いつもより手加減がなかった。

「だいたい、ペットが病気になったら面倒を見てあげるのは、飼い主の責任でしょ。ペットが自分で動物病院にかかったりしないんだから」

「やーめーてーくださーいー……」

そういえば、こんな風に火凜《かりん》と茉優《まゆ》がじゃれ合っているのを見るのは、初めてだ。

ふたりの仲睦《むつ》まじい様子に、楓《かえで》はほんのちょっとだけ、疎外感を覚えてしまう。

自分は邪魔者なのではないか、と。

けれどその疑念が育ち切る前に、火凜《かりん》が立ち上がった。

「っていうか、話があるからちょっと来て、楓《かえで》」

「いいけど」

手を引っ張られ、ベランダに連れて行かれた。

「火凜《かりん》は内緒話ばっかり」

「こんな話、茉優《まゆ》の前でできるわけないでしょ」

振り返ってみると茉優《まゆ》はその場にごろんと横になって、満腹気分を楽しんでいるようだ。まさしく座敷犬《ざしきいぬ》。

ぱちんとベランダの戸を閉めて、火凜《かりん》がうなる。

「なんできたの。馬っ鹿じゃん」

「火凜《かりん》にだけは言われたくないんだけど」

「あたしは」

反論しかけて火凜《かりん》は口をつぐむ。

「……まあ、そうかもだけど」

「茉優《まゆ》ちゃんのこと、あんな風に言っていたのに。どんな気まぐれなの？」

「……あたしが家で待機している間に、楓《かえで》が抜け駆けしたら、それってあたしの負けじゃん。不戦敗なんて、まっぴらだから」

「もう勝負は中止になったんだよ」

「そんなの、大人の都合でしょ」

どこか恥じらう火凜《かりん》に、得体の知れない苛立《いらだ》ちが募った。

「私たちも捕まるかもしれないんだよ」

「わかってるんだったら、自分ひとりで帰ればいいじゃん」

「私は、火凜《かりん》のことを――心配して」

思わず口に出してしまった言葉に、楓《かえで》は口を押さえる。

火凜《かりん》もまた、目を丸くしていた。

今さら取り消すこともできず、楓《かえで》はただ目を逸《そ》らす。

「……ごめん」

「なんで謝るの」

「火凜《かりん》って、そういうの嫌いかなって思って」

「別に……。ただ、珍しいなって思っただけ」

「そんなこと、ないよ。私は、火凜《かりん》と違って優しいから」

「よく言う」

手すりにもたれかかりながら、火凜《かりん》はへらへらと笑った。

夕焼けに照らされた髪が揺れて、黄昏色《たそがれ》に輝いている。

「茉優《まゆ》に、お別れ言いに来たんじゃないの？」

「うん。勝手なこっちの都合で振り回しちゃって、ほんと、最悪だよね」

「悪いのはあたしたちじゃなくて、心配屋の警察でしょ」

「違いないけど」

楓《かえで》もまた、悪ぶって笑う。

茉優《まゆ》を巻き込んだ自分たちが悪いのだと、ふたりともわかっているだ。

「火凜《かりん》もほんとは、茉優《まゆ》ちゃんのことを気に入ってたんじゃないの？」

「あんな単細胞、嫌いになれないでしょ、フツー」

素直じゃない言い方だ。

茉優《まゆ》はぼーっとこちらを見つめていた。

目が合うと、彼女は慌てて顔を背ける。

まるで自分が決して立ち入ることのできない神聖なものを拝んでいたかのようだ。

「私も火凜《かりん》も、ぜんぜんフツーになれないのに。でも、茉優《まゆ》ちゃんは私たちをただの女の子みたいに扱ってくれて、それがなんだか嬉《うれ》しかったかも」

「ほんっと、楓《かえで》は甘すぎ」

組に逆らってこんな場所にいるからだろうか、ふたりは妙な連帯感を覚えてしまう。

それはまるで、大人の集会から遠ざかり、花札で遊んでいた子供の頃のようだった。

楓《かえで》の心の中には、鍵をかけて閉じ込めた箱がある。

これが最後かもしれない。なら。楓《かえで》は火凜《かりん》の前でそれを開く。

「どうして火凜《かりん》は」

しっとりと濡《ぬ》れたような声に、火凜《かりん》もまたなにかを察したように黙り込む。

その横顔は、綺麗《きれい》だった。


「あの日、私にキスをしたの」

しばらく、火凜《かりん》はなにも言わなかった。

ふたりが久利山《くりやま》家で最後に会った日の記憶。

楓《かえで》は罰ゲームをかけて火凜《かりん》と戦い、そして負けた。

なんでもひとつ、言うことを聞く約束だった。

『──楓《かえで》』

あの日、幼い火凜《かりん》が顔を近づけてきて、楓《かえで》の頬に手を当てた。

まるで大人がするみたいに、楓《かえで》の唇に小さな唇を押しつけてきたのだ。

それは一度だけで収まらず、何度も繰り返された。

初めて味わう感覚に、楓《かえで》は火凜《かりん》を突き飛ばした。

『やだ──』

なにを怖がっていたのか、今となってはもう、楓《かえで》は忘れてしまった。

けれどきっと、自分の中にあったトクベツが膨れ上がってしまって、もう後戻りができなくなってしまいそうだったから。楓《かえで》は火凜《かりん》を拒絶したのだろう。

あのとき胸に芽生えたのは、初めての気持ちだった。

「……別に、ただ」

火凜《かりん》は髪を押さえながら、つぶやく。

「あたしは、楓《かえで》と違って、拾われてきた子だからね」

「……」

悲しみの色はなく、ただ一抹の寂しさがにじんだ声。

火凜《かりん》が母親の桔花《きつか》と血が繫《つな》がっていないというのは、公然の秘密だ。出会ったばかりの頃、火凜《かりん》が母親を『あの人』と呼んでいたのは、引き取られたばかりだったからだという。

楓《かえで》は火凜《かりん》と会わなくなってから、初めてそれを知った。

「いざとなったら、どう扱われるかわかんないって思ってたから、早めに……経験しときたいなって。ただ、それだけ」

「……そう」

「うん。別に、相手が楓《かえで》だったのは、たまたまで」

付け加えられた言葉は、どこか言い訳がましい響きがある。

「ま、あたしの思った以上に、大切に育ててもらったけどね。今回も、相手が女の子だったし」

楓《かえで》はうつむき、火凜《かりん》は手持ち無沙汰に唇を尖《とが》らせた。

「……楓《かえで》だったら、別にいいかな、って思ったの」

楓《かえで》はあの日以来、火凜《かりん》のことがわからなくなって、ずっと彼女を嫌悪《けんお》して生きてきた。

今だってそれは変わらない。火凜《かりん》の底意地の悪いところは、本当に苦手だ。

けれど……あの頃、楓《かえで》の孤独を満たしてくれていたのは、火凜《かりん》だった。

世界にたったひとりぼっちだったような気分を、火凜《かりん》だけが分かち合ってくれていた。

そのことに感謝したい気持ちも、嘘《うそ》じゃない。

初めてのキスの味だって、覚えているから。

「……ちょっと、聞いてきたのはそっちでしょ。なにか言ってよ。気まずいじゃん」

「火凜《かりん》って、ほんとばか」

「は？　なにそれ」

「そんな理由で罰ゲームにキスするとか、ばかだよ」

「女も男も構わず籠絡《ろうらく》するように育てられたあたしたちが、それ言う？」

「……それは、そうかもね」

火凜《かりん》の瞳は、楓《かえで》の唇を映している。

同じように、楓《かえで》もまた。

「……」

しばらく交差する視線に囚《とら》われていたところで。

からからから、とベランダの戸が開いた。

「あのぉ～……」

茉優《まゆ》がまるで他人の部屋につれてこられた猫のような顔で、こちらを窺《うかが》っている。

美少女たちが振り向いてきたので、わひゃあ、となりながらも、彼女は小さくうめいた。

「実は、ちょっと聞こえてしまったんですけど……」

「え？」

楓《かえで》も火凛《かりん》も、さすがに焦《あせ》った。

どの部分が聞こえたのだろうかと思えば。

茉優《まゆ》が意を決したように、問いかけてくる。

「お、おふたりって、お付き合いされていたんですか⁉」

『…………………は？』

三者が三様に顔を見合わせる。

どうやら聞こえていたのは、キスの部分だけだったようだ。

「いや、それは誤解で」

真っ先に弁解しようとしたのは、火凛《かりん》だ。

慌てたその態度に、楓《かえで》が眉をひそめる。

「なんで火凛《かりん》が最初に否定するの。してきたのはそっちのくせに」

「ばか。もう昔の話だし、意図はちゃんと説明したでしょ」

「そうだよ、茉優《まゆ》ちゃん。この子は、別にキスができれば誰でも良かったんだって」

「誰でもとまでは」

「言ったでしょ、似たようなこと」

こじれたやり取りを間近で聞いて、茉優《まゆ》は「はわわわわ」となっていた。

「だから顔を合わせればケンカばっかりで、仲悪そうにしたり、張り合ったりしていたんですね……！　すみません、わたし、なにも気づけなくて！」

よしんば元恋人同士だったとして、そんなふたりに向かって火に油を注ぐような真似《まね》を堂々とする女、朝川茉優《あさかわまゆ》。

本人が自分を『不運だ』と言う原因の半分近くは、その配慮のなさから来るものなのではないだろうか。

それはいいとして、勘違いする茉優《まゆ》に向かって、楓《かえで》と火凜《かりん》は同時に否定した。

『だから、付き合ってないって！』

「ひっ」

茉優《まゆ》を怒鳴りつけた、その直後だった。

『──お嬢、警察です！　あの人、前に組長を締め上げてた人すよ！　そっち向かってます！』

サッと楓《かえで》と火凜《かりん》の顔色が変わった。

「ごめん、茉優《まゆ》ちゃん。残りは冷蔵庫に入っているから、温めて食べてね」

「リゾットは小皿のソースをかければ、また味を変えて楽しめるから、お好みでどーぞ」

ふたりは玄関から靴を取って、再びベランダに戻ってくる。

「えっ、ちょっと、何事ですか？」

楓《かえで》が茉優《まゆ》の頭を撫《な》でる。

「あのね……。これからしばらく茉優《まゆ》ちゃんには会えなくなっちゃうんだけど、でも、心配しないでね」

「えっ……そ、そうなんですか？」

「うん、きょうは茉優《まゆ》ちゃんにお別れを言おうと思って、来たんだ」

「それって、わたしが、ハッキリしなかったから、ですか……？」

茉優《まゆ》の瞳に涙がにじむ。

「楓《かえで》、早く」

急《せ》かす火凛《かりん》を制して、楓《かえで》は茉優《まゆ》に微笑《ほほえ》みかけた。

「そうじゃないんだ。ほんと、ぜんぶこっちの都合。茉優《まゆ》ちゃんはずっとかわいかったよ。ほんとにずっとずっと。きっと、お付き合いできたら楽しかったんだと思う」

「か、楓《かえで》さぁん……」

「ありがとうね、茉優《まゆ》ちゃん。そして、ごめんね。こんな終わり方になっちゃって」

茉優《まゆ》はぷるぷると首を振った。

突然のことに、頭はひどく混乱しているけれど。

だが、どこかこんな日が来ることを予感していたのかもしれない。それこそ宝くじに当せんしたように、楓《かえで》と火凛《かりん》の存在は、茉優《まゆ》にとっての奇跡であったから。

だから――いつものように、彼女は己の不運を嘆いたりはせず、ぐぅと拳を握った。

「そんなこと、ありません！　楓《かえで》さんに出会えて、好きになってもらえて、ほんとに、幸せでした！　夢みたいな日々でした！　だから、こちらこそありがとうございました！」

ハッと気づいた茉優《まゆ》は、憮然《ぶぜん》と待っていた火凜《かりん》にも頭を下げる。

「もちろん、火凜《かりん》さんも！」

「ついでみたいに付け足しているんじゃないの。まったくもう。あたしもね、それなりに楽しかったよ」

火凜《かりん》は茉優《まゆ》の頬にキスをした。

その反対側には、楓《かえで》が口づけをする。

両頬を押さえて目を潤ませた茉優《まゆ》の前、楓《かえで》と火凜《かりん》は微笑《ほほえ》んだ。

「それじゃ、茉優《まゆ》ちゃん」

「縁があったら、またどこかでね」

靴を履いて、そのままベランダから飛び降りる。

「って、ここ三階ですけど――!?」

楓《かえで》と火凜《かりん》は危なげなく着地した。

「しっかし、こんな迅速に駆けつけてくるなんて、よっぽど暇なのかな」

「ひょっとして、おとり捜査とか」

ふたりで茉優《まゆ》の顔を思い浮かべる。

「ムリでしょ」

「そうだね」

歩き出そうとしたそのとき、視界の端に影が映った。

「あれ、警察?」

「たぶん。火凜《かりん》って私のために身を投げ出して、時間を稼いでくれたりする?」

「するわけないでしょ。ああもう、あのときのなんでも言うことを聞かせる権利、キスなんかに使うんじゃなかった!」

どうせ素性はバレているのだ。楓《かえで》と火凜《かりん》は駆け出した。

「これからどうするつもり? 楓《かえで》」

「家に帰るよ。ちゃんとケジメつけてきたって、お母さんに言う」

「あっそう。神枝《かみえだ》組は仲睦《むつ》まじいことで、羨ましいこと」

「だったら、火凜《かりん》もうちに来ればいいよ」

「……なに言ってんの?」

「寂しいんでしょう? だったら私のものになれば?」

そこで火凜《かりん》は笑った。

「最悪すぎ。あたしまだ負けてないし」

マンションの敷地《しきち》を飛び出る。
楓《かえで》と火凜《かりん》は目配せもせず、二手に分かれて逃げ出していった。

その後、追っ手はやってこなかった。
手近な店で購入した服に着替えた楓《かえで》は、帽子を深くかぶりながら注意深く雑踏を歩く。
きっと、うまく撒《ま》いたのだろう。
すみれの様子は気になるが、今連絡してやぶ蛇になっても問題だ。
(念《ねん》の為《ため》、なるべく時間を潰して、適当な場所を迂回《うかい》していこう)
たっぷりと二時間ほどかけて四駅を歩き、楓《かえで》は神枝《かみえだ》家に帰った。
ようやく屋敷《やしき》が見えてくる頃には、辺りはすっかり暗くなっている。
(……みんな、心配しているかな)
わずかな罪悪感とともに歩を進めていると、屋敷《やしき》の前に見知らぬ車が止まっていた。
嫌な胸騒ぎを覚える。
(なんだろ……)
ただいま、と小さく声をあげて、玄関の戸を開く。
そこには、見知らぬスーツ姿の女性が立っていた。

彼女は楓《かえで》を見て「あら」と声を上げる。

「初めまして、楓《かえで》さん」

その声はまるで絡《から》みつくようで、楓《かえで》は思わず後ずさりしそうになった。

「……誰？」

「さて、誰だと思います？」

ニコリと笑う彼女は、年齢不詳の女性だ。身だしなみを綺麗《きれい》に整えているが、ワイシャツの襟元に汚れがついている。また靴の底がすり減っていることから、楓《かえで》は彼女の素性を推察した。

だが、それを口に出すかどうか迷って。

「ご明察」

女性が先回りして、告げてきた。

「署の方からきました。きょうはちょっと、聞きたいことがありましてね」

警察だ。楓《かえで》は青ざめた。

ついに自宅にまで押しかけてきたのだ。

楓《かえで》は深く息を吸うと、彼女に毅然《きぜん》と向き直った。

「私は、罪に問われるようなことはなにもしていません」

「……あら、そうですか？」

彼女は懐《ふところ》から一枚の写真を取り出す。

そこに写っていたのはもちろん、朝川茉優《あさかわまゆ》の姿だった。

「じゃあ、この子についても知りませんか？」

「……彼女は、アルバイト先の友達です」

「とりあえず、年齢詐称の件については、置いておくとして」

19歳だと偽ったことに関しても、バレているようだ。どこまで調べられているのかわからず、
楓《かえで》は押し黙るより他なかった。

奥から神枝《かみえだ》組組長、環《たまき》がやってくる。

「娘をあまりいじめないでくれないかね？」

「すみません、つい……可愛《かわい》らしくて」

口元に手を当てて微笑《ほほえ》む彼女に、環《たまき》は大きく嘆息する。

「とりあえず上がんな。粗茶のひとつぐらいは出してやるさ。朝川さん」

「…………え？」

背筋を伸ばした女性は、にっこりと人懐《ひとなつ》っこい笑みを見せた。

「組織犯罪対策部、課長の朝川真紀《あさかわまき》です。いつも娘がお世話になっております、楓《かえで》さん」

資料には確かに、茉優《まゆ》の両親は『公務員』だと書いてあった。

第九話

百合の間に挟まるのは、罪です

MARETSUMI

yuri ni hasamareteru
onna tte, TSUMI desuka?

MARETSUMI

神枝組《かみえだ》の組長、環《たまき》と娘の楓《かえで》。それに津々侍署《つつじ》の真紀《まき》は奥の間に集まっていた。

組員は、外で待たされている。

その時、乱暴に襖《ふすま》が開かれた。

「どうして神枝家《かみえだ》なんですの。集まるなら、久利山家《くりやま》でもよろしかったでしょうに」

「……」

久利山桔花《くりやまきつか》と、その後ろに見えるのは火凜《かりん》だ。

「火凜《かりん》……」

声をかけるも、火凜《かりん》はうつむいたまま、こちらを見ようともしない。

火凜《かりん》は昔から母親に苦手意識をもっているのだ。この様子では、火凜《かりん》がどう出るのか、楓《かえで》にはわからなかった。

「さて、これで役者が揃《そろ》いましたね、ふふふ」

「ははは」

「ほほほ……」

三人の女傑が微笑《ほほえ》み合う空間は、まるで魑魅魍魎《ちみもうりょう》の跋扈《ばっこ》する妖怪屋敷《やしき》のようだ。

すみれがいたら、五秒で泣き出してしまっていたかもしれない。

そんな中、楓《かえで》は臆さずに手をあげた。

「待ってください。そもそも、どうしてこんな場が開かれているんですか？　私と火凜《かりん》は、ただアルバイトをして、友達を作っただけです」

　真紀《まき》が子供に言い聞かせるように語る。

「そうは言われましてもね、お嬢さん。散々に迷惑をかけられてですね、厳重注意の上に、娘にまでちょっかいを出されていたと知ったら、こちらだってメンツが立たないわけですよ」

「ケッ、くだらねえな」

「そうですわ。この令和の時代に、メンツだのなんだの。古い組織って嫌ですの」

「それ、よりにもよってあなたたちが言います？」

　組長ふたりの嫌味に、真紀《まき》の笑顔は引きつった。

「勘弁してくれよ、真紀《まき》さん。同じように娘への教育方針で盛り上がった仲じゃないか」

「単なる取り調べの一環でしょう」

「それにしては本気に見えたけどねえ。次から次へと不運に襲われる娘が可哀想《かわいそう》だ、心配だ。せめて恋のひとつもしてほしいってさ」

「わかっているんですよ、あなたたちの魂胆は。私の娘を取り込んで、警察組織と繋《つな》がりを作り、より大きな犯罪をもみ消そうとしているのでしょう？　残念ながら、そうはいきません」

　断固、真紀《まき》は首を横に振る。

「我々は、悪には屈しません」

「そんなこと言われてもね、真紀《まき》さん。あたしたちはなんにもやっちゃいないんだよ。やってないモンを突かれたって、なんも出てきちゃこないよ」

「さて、それはどうでしょうね、神枝《かみえだ》さん。残念ながら、もう証言は取れているんです」

環《たまき》が怪訝《けげん》そうに眉をひそめる。

楓《かえで》はハッとして火凜《かりん》を見た。

「……まさか、火凜《かりん》？」

彼女はまだ、なにも言えないままだ。

そこでようやく気づいたように、環《たまき》が桔花《きつか》を睨《にら》みつけた。

「女狐《めぎつね》、あたしたちを売ったのか⁉」

「だって、見せしめはどちらか一方で構わないって言うんですもの。ならさっさと情報提供して、おしまいにしたほうが手っ取り早いじゃありませんの」

桔花《きつか》はやれやれと首を振った。

「所詮は、ただの嫌がらせ……。バカバカしいお遊び。朝川《あさかわ》さんが出張ってくるから、こうして大事にまでなってしまいましたけれど」

「そりゃ娘が関わっているんだから、出てこないほうがおかしいですよ」

「ですから、どうぞ泥をかぶってくださいまし、環《たまき》さん？」

環《たまき》の頭から、湯気が立ち上っているようだ。

「あんたぁ……！」

桔花《きつか》は鼻で笑うと、隣に座る火凜《かりん》を促す。

「というわけで、火凜《かりん》。今ここで、朝川《あさかわ》さんに聞かせてあげるといいですのよ。あなたたちが朝川茉優《あさかわまゆ》に、なにをしていたのかを」

火凜《かりん》はぐっと拳を握り固めた。

俯《うつむ》いたまま、ぽつりと口を開く。

「あたしは」

「火凜《かりん》」

楓《かえで》は思わず口を開く。決定的な証言が飛び出したら、終わりだ。

たとえ楓《かえで》自身が逃れられても、神枝《かみえだ》組の誰かが詐欺罪で捕まることになるかもしれない。

だが、それより今は——まるで晒《さら》し者《もの》のように告白させられる火凜《かりん》のことを、楓《かえで》は危ぶんでいた。

火凜《かりん》に向かって、楓《かえで》が身を乗り出す。

「こんなところで、私たちの勝負に、決着をつけるつもり⁉」

「っ……」

火凜《かりん》は歯を食いしばった。

その顔は前髪に覆われて、楓《かえで》には見えない。

「あたしは……。ずっとお母様に、認められたくて。今回の任務も、うまくできたら、お母様が喜んでくれるのかな、って思ってた。最初は、そのつもりでさ」

「……え？」

桔花《きつか》は火凜《かりん》の言葉を聞いてうろたえる。自信たっぷりだった目に、困惑の色が浮かんだ。

「急になにを言ってますの、火凜《かりん》……？」

「ぜんぶお母様に好かれたくて、必要だよって言ってほしくてずっとそんな目的のために走り続けてきたけど。楓《かえで》と再会して、わかっちゃったんだ。あたしのほんとの気持ちが」

火凜《かりん》はようやく顔をあげた。

母親を真っ向から見返す。

「あたしはあたしのまま、楓《かえで》にだけは負けたくない。あいつに見くびられるほうが、我慢できないの。ごめんなさい、お母様。あたしこんな決着、望まない。だから『やってない』って言うよ」

「そんな……」

桔花《きつか》はショックを受けて、黙り込む。

火凜《かりん》の真意が、心から予想外だったようだ。

「私はあなたをとっくに一人前だと思っていて……実の娘のように思いやって……なのにそんな風に、思わせていたんですのね」

火凜《かりん》は軽く目をつむってから、母を見つめる。だがすぐに真紀《まき》に目を向けた。

「あたしも楓《かえで》も、茉優《まゆ》のことが好きで、付き合おうって言ってました」

「……そうですか」

しかし真紀《まき》は、諦めてはいないように続ける。

「ですが、あなたたちがなにを言ったところで、娘に話を聞けば済むことですよ。手順がひとつふたつ、増えるだけです」

「――いいえ、ここで終わりす！」

そこで大声とともに、襖《ふすま》が開かれた。楓《かえで》が眉をひそめる。

「すみれさん……？」

「お嬢はなにも悪いことなんか、しちゃあいません。それをここで、ちゃんと立証してもらいましょう。そのための証人を、連れてきました！」

すみれが手招きすると、やってきたのは――。

「……あの、どうも、お邪魔してます……」

――赤ら顔をした、風邪真っ只中《ただなか》の茉優《まゆ》であった。

「えっ⁉」

「茉優《まゆ》⁉　どうして！」

楓《かえで》と火凜《かりん》が目を剝《む》く。

「なにやってんだい、新条《しんじょう》……」

組員の行動に、組長の環《たまき》は思わず顔を押さえる。

心細い顔をした茉優《まゆ》の隣に立つすみれは、グッと拳を握りながら。

「大丈夫す、わかってくれます。なんたって、お嬢の好きになった人なんですから！」

「いや、それは」

目を逸《そ》らし、頬を赤らめる楓《かえで》。

だがそこに、冷ややかな声が落ちた。

「茉優《まゆ》、わかっていますよね？　彼女たちは、あなたにひどいことをしていたんですよ」

すみれが「そんな言い方！」と反論するのを、真紀《まき》は一瞥《いちべつ》で黙らせた。

茉優《まゆ》は聞きたくないとばかりに、強く目をつむる。

「――茉優《まゆ》、あなたは騙《だま》されていたのよ」

環《たまき》と桔花《きっか》が互いの組のメンツ争いのために、ハニートラップを仕掛けてきた。

そしてその対象は、真紀《まき》の娘である茉優《まゆ》だった。

すべては事実だ。だから、楓《かえで》にはなにも言う資格はない。

反論がないと分かると、真紀《まき》は胸を反《そ》らせた。

「もしかしたら、いざというときには私の弱みを握って、脅す材料にしようとしていたのかもしれませんね」

母の強い言葉に、茉優《まゆ》は立ちすくむ。

その目には、ぼんやりとした光が明滅していた。

「卑劣な手にかかっていたんですよ、茉優《まゆ》。あなたは被害者なの」

「……うん」

慰めるような目を向けてくる真紀《まき》に、茉優《まゆ》は小さくうなずいた。

「ぜんぶ教えてもらいました。その、新条《しんじょう》さんに、車の中で」

「なんですって？」

すみれは冷や汗をかきながら、胸を押さえる。

「だ、大丈夫です」

「茉優《まゆ》、あなたなにを吹き込まれたんですか……？」

「吹き込まれてなんてないです。ぜんぶ、ほんとのことだと思います」

茉優《まゆ》は大きく息をついた。

「わたし、ずっとずっと運がなくて……。ぜんぶ、いいことは頭の上を通り過ぎちゃっていって、ようやく……って思ったことだって、嘘《うそ》だったって聞かされちゃって……」

そんな茉優《まゆ》の独白に、楓《かえで》も火凜《かりん》も目を合わせることはできない。

本人を前に無実を言い張るような、面の皮の厚さをふたりは持ち得ていなかったのだ。

「ほんとの、ことなんですね……」

「でも！」

声を張り上げたのは、楓《かえで》だ。

保身のためではなく、茉優《まゆ》のために。

「茉優《まゆ》ちゃんに告白して、茉優《まゆ》ちゃんと一緒に過ごすうちに、茉優《まゆ》ちゃんのことが、どんどん好きになっていったの！　それは、ほんとのことだよ！」

そんな弁明に、なんの意味もない。

茉優《まゆ》のことを騙《だま》していたことに間違いはないのだから。

だから、きっと言葉は届かない。

——相手が、茉優《まゆ》でもなければ。

「……ほ、ほんとなんですね……そうですよね⁉　だってわたし、人を見る目はそれなりにありますもん！　ぜんぶ嘘だけじゃなかったんですよね⁉」

「えっ？」

真紀《まき》が目を丸くした。

楓《かえで》は心からうなずく。

「うん、ほんとだよ。だって茉優《まゆ》ちゃん、とってもいい子なんだもの。話していても楽しいし、それに、すっごくかわいいし」

負けじと火凜《かりん》が続いた。

「あたしだって、最初は楓《かえで》をボロボロにするためにさんざん利用してやろうって思ってたのに、だんだん茉優《まゆ》が本当に飼ってた犬に見えてきちゃって……。なにしても楽しそうなんだもん、この子。憎めないよ」

「え、えへへ……照れちゃうなあ……」

あまりにも急激な手のひら返しだ。

「茉優《まゆ》？　……茉優《まゆ》？」

呼びかけながら真紀《まき》は啞然《あぜん》とした。

「た、確かにいつも人を信じるように、素直でいい子になりなさいって、ずっと育ててはきましたが……」

「大成功してるじゃんか」

茉優《まゆ》が微笑《ほほえ》む。それだけで、どこか朗らかな雰囲気が漂い出す。

そんな空間に、真紀《まき》はかろうじて水を差した。

「このまま、終わるわけにはいきませんからね。茉優《まゆ》！」

「えっ、あっ、は、はい！」

真紀《まき》は立ち上がって茉優《まゆ》の元へと向かう。真紀《まき》は娘の隣に立つと、楓《かえで》と火凜《かりん》を交互に指した。

「それでは楓《かえで》さんか、火凜《かりん》さん、どちらかを選んでもらえますか？　選んだほうの組には、お咎《とが》めなしといたしましょう」

「なんでだ⁉」

叫ぶ環《たまき》に、真紀《まき》は笑みを浮かべる。

「だってあなた方も、もともとそういう約束をしていたのでしょう？　勝ったものが得て、負けたものが失う。私がこうして、審判を下すお手伝いをしましょう。ねえ、茉優《まゆ》」

「乗り込んできたのに、このまま手ぶらじゃ帰れないからだろ」

「ほんと浅ましいですわ……メンツメンツ、って……」

「黙っててください！」

真紀《まき》は組長ふたりに怒鳴ると、改めて娘に優しく語りかける。

「気にすることはありませんよ、茉優《まゆ》。もともと、あなたを騙《だま》そうとしていたのに、こうしてどちらかは救ってあげると言っているんです。感謝こそされ、恨まれる筋合いはありません」

「えっ、えっ⁉」

母親として、真紀《まき》は茉優《まゆ》の肩を抱いた。

「私も、あなたの幸せを願っております。だから、ほら、あなたが『本当に好きになった』のは、どちらですか？」

「わ、わたしは……」

楓《かえで》か、それとも火凜《かりん》か。

茉優《まゆ》はふたりを交互に見つめる。

楓《かえで》はじっと茉優《まゆ》を見て、視線を外さなかった。

その一方で、火凜《かりん》はふっと唇を緩める。

「……まあ、仕方ないかな」

「火凜《かりん》さん……」

「あなたの好きにするといいよ、茉優《まゆ》。飼い主はペットの幸せを祈るもんだから」

おそらく選ばれるのは楓《かえで》だろう――。

正直、仕方ない。最初から最後まで、茉優《まゆ》に誠実に向かい合っていたのは楓《かえで》だ。プロとして正しいかどうかはともかくとして、茉優《まゆ》相手に正しかったのは楓《かえで》だったのだ。

火凜《かりん》が投げやり気味に告げると、茉優《まゆ》はブンブンと首を振って――。

「ペットだって、ご主人さまの幸せを願っているんですよ！」

「……茉優《まゆ》？」

それはまるで、火凜《かりん》を幸せにするという宣言のようだった。

そのやり取りを見た楓《かえで》は、思わずつぶやいていた。

「茉優《まゆ》ちゃん……そう、なんだね……」

けれど、楓《かえで》にも不思議と悔しさはなかった。

火凜《かりん》は確かに、目の前で楓《かえで》のほしい札を奪っていった。自信満々に、堂々と、居丈高に。

だが、思い出してみれば、火凜《かりん》はいつも、楓《かえで》との勝負を心から楽しんでいたのだ。

ひとりぼっちだったあの家で、きっと火凜《かりん》は、ああやってでしか自分の感情を表すことができなかったのだろう。

この数週間で距離が縮んだのは、楓《かえで》と茉優《まゆ》だけではない。楓《かえで》と火凜《かりん》だって、互いに理解を深めることができた。

火凜《かりん》の寂しさに触れ、ひたむきさに触れた。

最悪のはずの女の子にも、楓《かえで》はすっかりと情を注いでいた。

だからかもしれない。

楓《かえで》は自分でも驚くほどに、火凜《かりん》の勝ちを認めることができたのだ。

茉優《まゆ》が、すぅと息を吸い込んで、叫ぶ。


「わたしは——、、、どちらも、選び、、ません、、！」


神枝家《かみえだ》の時が止まった。

『え？』

楓《かえで》や火凜《かりん》、真紀《まき》に環《たまき》に桔花《きつか》。それだけではない。

すみれや警察。あるいは襖《ふすま》の向こうで気配を殺して動向を窺《うかが》っていた神枝《かみえだ》組と、久利山《くりやま》組の連中までも、あっけに取られた。

茉優《まゆ》が二の矢を放つ。

「だって、楓《かえで》さんと火凜《かりん》さんは——おふたりで付き合うのが、お似合いだと思いますから！」

「ちょっと⁉」

「なに言ってるの⁉」

まったくもって、微塵《みじん》も認められなかった。

楓《かえで》と火凜《かりん》が立ち上がり、茉優《まゆ》に詰め寄る。

「よりにもよって、なにを言っているの⁉　茉優《まゆ》ちゃん、その冗談ぜんぜん面白くないよ⁉」

「ふざけてんの⁉　芸人根性でちょっと注目されたからって面白いコメントしなきゃって思って言ったわけ⁉」

想像以上の反発に、茉優《まゆ》もまた目を白黒させる。

「だ、だって、ふたりは好き合っているんですよね……？」

「そう見える？」

「あまりにも節穴すぎる目って、いらないんじゃない？」

「ま、ま、待ってください！　やだ、えぐらないで！　火凜《かりん》さんこわいですぅ！」

事態についていけなかった真紀《まき》が、ハッと我に返る。

「ま、待って、茉優《まゆ》。それ、あなたはふたりとの交際をお断りするってこと？」

「そうなりますね！」

楓《かえで》に羽交い締めにされて、火凜《かりん》に顔面を押さえられている茉優《まゆ》が、必死に叫ぶ。

「なのでわたしは、身を引きます！　ふたりの間に入り込むなんてそんなの、罪ですから！」

「だから違うって！」

「こいつとは、昔から一緒にいるってだけなのよ！」

「でもキスしたんですよね⁉　お互いファーストキスなんですよね⁉　トクベツな思い出を共有しているんですよね⁉」

「そっ、それは」

楓《かえで》の力が緩んだ隙に、茉優《まゆ》は抜け出す。

「なに動揺してんのよ、楓《かえで》」

「ご、ごめん……」

「ちょっ、ちょっと、赤くならないでよ……」

「なんだか、前に『この顔が魅力的だ』って言われたの、思い出しちゃって」

「あ、あれは！　別に、嘘《うそ》じゃない、けど……！」

茉優《まゆ》はそんなふたりに両手を合わせて、拝んだ。

「わたしは、幸せだったんです。ふたりに構ってもらえて……ずっと不幸な人生だって思っていましたけれど、でも、こんなにいいことがあったんです」

そこに浮かんでいるのは、本物の笑顔だ。

「ハニートラップだって、構いません。だって、ふたりと出会えなかったら、こんな人生も知りませんでしたから！　だから、ありがとうございます、本当に。わたしを騙《だま》してくれて、ありがとうございます！」

メイドのように大きく頭を下げて、茉優《まゆ》はにっこりと告げてきた。

「最初から、こうすればよかったです……。楓《かえで》さんと、火凜《かりん》さん、どうぞお幸せになってください ね！」

『だから違うって！』

娘の宣言を聞いて、そっと真紀《まき》が背を向ける。

気づいた環《たまき》が声をかけた。

「帰るのか？」

「……なんだか、頭痛くなってきました。次こそ覚えていてくださいね、おふたりとも」

「なあ、真紀《まき》さん」

環《たまき》がどっしりと腰を落としたまま、湯呑《ゆの》みを掲げる。

「悪かったな、あんたの娘さんにちょっかい出して」

「…………別に。あの子も楽しそうなので、いいんじゃないですか」

真紀《まき》は深くため息をついて、くたびれたような、しかしどこか嬉《うれ》しそうな笑みを浮かべた。

「まさかとは思いますけれど……。もしかしてあなた方、うちの娘のためにハニートラップを仕掛けたんじゃありませんよね？　私が娘のことを相談したから、それを覚えてくれていて」

「馬鹿言っちゃいけねえよ。あたしらが人助けなんかするかいさ」

環《たまき》が肩をすくめるその横で、桔花《きつか》が目を光らせた。

「もしそうだとしたら……謝礼かなにか、いただけますの？」

「おい女狐《めぎつね》。アンタさっきも裏切ろうとしたよな。今度こそぶっ殺すぞ」

「そうですねえ」

真紀《まき》は腰からちゃきりと手錠を取り出し、笑った。

「それこそ、ありとあらゆる手段を使って、あなた方を引っ張っていきますね」

環《たまき》と桔花《きつか》はなにも言わず笑って、真紀《まき》を見送った。

エピローグ

MARETSUMI

yuri ni hasamareteru
onna tte, TSUMI desuka?

MARETSUMI

メイド喫茶アンブロシアは、この秋、リニューアルオープンに向けて走り出していた。

なんといってもそう、目玉は新人のふたり。いや、もはや新人などという区分では測れない。メイド喫茶という文化を背負う大鳳の両翼だ。

神枝《かみえだ》楓《かえで》。そして、久利山《くりやま》火凜《りん》。

「いらっしゃいませ、ご主人さま」

彼女たちは、最強のキャストとして、メイド喫茶に今も在籍していた。

「神枝《かみえだ》さん、チェキのほうに回ってもらえる？」

「はい、わかりました」

楓《かえで》は気持ち早足で、しかし裾がめくれ上がらないように上品に店内を縦断する。

写真撮影スポットに立っていたのは、恥ずかしそうに佇《たたず》む長身の女性。

楓《かえで》のお付き、すみれであった。

「あの、へへ……私も、お嬢と一緒に……だめ、すかね？」

「すみれさん」

辺りをきょろきょろと窺《うかが》うと、楓《かえで》はすみれに顔を近づけてささやく。

「言ってくれたら、家にメイド服持って帰ってあげるのに」

「やっ、そ、それはちょっと職権乱用すよ！　だめです、私はお金を払ってお嬢と撮りたかったんす！」

「そ、そうなんだ」

今まで役割上、コソコソしていなければならなかったから、すみれはずっと我慢していた。

しかしもう、忍ぶ理由はない。こうして、客として店に遊びに来れるし、大手を振ってお嬢とチェキが取れる！

「それじゃあ、一緒に撮ろっか。ほら、もうちょっと寄っていいよ、すみれさん」

「はっ、はい！」

すみれは満面の笑みを浮かべた。ひたむきに楓《かえで》のために尽くした見返りとして、すみれにとっては十分すぎるほどのご褒美《ほうび》であった。


「おつかれっす！　火凜《かりん》サン！」

「ん。五島《いつしま》もお疲れさま」

かたや火凜《かりん》の方も、すっかりアンブロシアの他キャストを懐《なつ》かせていた。

休憩室に戻ってきた火凜《かりん》が優雅に足を組んで座れば、ボロいパイプ椅子すらもアンティークチェアのよう。

五島《いつしま》他、西浦《にしうら》、夏木《なつき》を、ペット二号三号四号と名付け、かわいがっている。

曰《いわ》く『メイド喫茶もハニートラップもおんなじ。ようするに、どうやって目の前の相手を気持ちよくさせて、いろんな紐《ひも》を緩めてやるか』だそうで。

そのことを聞いた楓《かえで》としては、火凜《かりん》が色々と吹っ切れたようでなにより、と思ったものだ。

母親との確執についても全部が全部、氷解したわけではないけれど、それはきっと、これからだ。

と、それはいいとして。

「ちょっと」

「ぎく」

楓《かえで》は、コソコソと帰ろうとしていた茉優《まゆ》の手首を掴《つか》む。

リアルに『ぎく』と口にした茉優《まゆ》は、ぎこちなく振り返ってきた。

「あ、えと……わたしきょうおうちのアヒルに餌をあげなくちゃいけなくて……」

「いないでしょ」

「お風呂《ふろ》に浮かべるやつなんですよぉ！」

「餌あげてる絵、けっこうこわいんだけど」

「いいんですよ、わたしのことは！　おふたりで、仲睦《むつ》まじくやっていただければ！」

楓《かえで》は出入り口付近に茉優《まゆ》を連れ込んで、バン、と顔の真横に手をついた。

「ひい、またも壁ドン……」

「何回も何回も言っているけど、私と火凜《かりん》の間に一切の事実はないからね」

「で、でも、あんなにお似合いなのに！」

「天ぷらとスイカ並だよ」

「お腹《なか》壊すやつじゃないですか！」

叫んだ後、茉優《まゆ》は両手を胸の前で組み合わせた。

「わたし、トクベツに憧れていたんです」

「うん。……うん？」

「いつかこんなわたしにも、幸せが訪れるんじゃないかって信じて……でも、違ったんですよ、楓《かえで》さん。それって別に、わたしにじゃなくてもよかったんです」

「どういうこと」

夢見る瞳に、理解が及ばない。

「わたしのそばで、楓《かえで》さんと火凜《かりん》さんが幸せそうに愛し合っているのなら、それを見守るためにがんばれるような気がするんですよね、わたしも……！」

きっと、茉優《まゆ》は乗り越えたのだ。

自分が幸せになるのだと躍起になっていた頃を超えて、自分なりの幸せを見つけることができた。それは、今回の件における彼女なりの成長である。

「あまりにも大きすぎる幸せは受け止めきれないので……それぐらいが、わたしにはちょうどいいんだなって、気づけたんです」

はにかむ茉優《まゆ》の可憐《かれん》な笑顔に、ついつい流されそうになってしまうけれど。

いやいや、違う。

「だからって、そのために私が火凜《かりん》と付き合うのは、ぜったいにナシだから」

「あたしが、なに？」

急に横に現れた火凜《かりん》に、楓《かえで》は思わずのけぞった。

突然の登場に、楓《かえで》の頬にはぽんと赤みが落とされる。完全に誤算だ。

「ほらー！」

まるで鬼の首を取ったかのように、茉優《まゆ》が嬉《うれ》しそうに楓《かえで》を指差してくる。

「く……」

楓《かえで》が悔しそうに腕で顔の下半分を隠すと、ああ、と火凜《かりん》が得心した。

「そういうこと？　まったくもう……」

楓《かえで》の肩に火凜《かりん》が体重をかけてきた。

精巧な作りの顔を近づけてきて、艶《あで》やかに笑う。

「なに？　楓《かえで》って、あたしのこと、好きなの？」

ほんと悔しい。

ここで焦《あせ》って動揺するから、付け込まれるのだ。

楓《かえで》は気を取り直すと、声にたっぷりと甘さをまぶして、目を逸《そ》らしながら、初恋に身を焦がす乙女のような態度で告げてやる。

「……好き、かも」

ちらりと横目で確認すると。

「――」

火凜《かりん》は口《くち》の端《は》をひくひくさせながら、顔を真っ赤にして、その身を硬直させていた。

「な、な、な………」

一糸報いてやった。

くくくと声をひそめて笑うと、火凜《かりん》はどこかから取り出したマスクを慌てて着用して難を逃れる。

さて、あとは自分たちをこんな目に遭わせた張本人を懲らしめるだけだ。

「ほら、ほら！　やっぱり！　やっぱりじゃないですか！」

サルのオモチャみたいに、心から嬉《うれ》しそうに両手を叩《たた》いて笑う茉優《まゆ》の、その腕を楓《かえで》はむんずと摑《つか》む。

「え？」

反対側には、火凜《かりん》が。

「というわけで、茉優《まゆ》にはちゃんと教えてあげないとね。私たちがなんでもないってことを」

「そうね。そのカラダに、しっかりとね」

「いや、ちが――なんでわたし⁉」

悲痛な叫びをあげる茉優《まゆ》を、ずるずると引きずっていく。

「待ってください！　ちがう！　わたしのことはいいんです！　そんな罪、背負いたくありません！　おふたりで幸せに、幸せになってくださいよぉ――！」

三人での関係性もまた歪《いびつ》な形をしていて、自分はもしかしたら、望んでいたフツーにはなれないのかもしれないけれど。

でも、それでも構わないかもしれないと、楓《かえで》は思う。

楓《かえで》にとって茉優《まゆ》と火凜《かりん》はそれぞれ、きっと、とても大切なトクベツな存在なのだから――。


おしまい。

◉みかみてれん著作リスト

「百合に挟まれてる女って、罪ですか？」（電撃文庫）

本書に対するご意見、ご感想をお寄せください。

ファンレターあて先
〒102-8177　東京都千代田区富士見2-13-3
電撃文庫編集部
「みかみてれん先生」係
「べにしゃけ先生」係

本書は書き下ろしです。

電撃文庫

百合《ゆり》に挟《はさ》まれてる女《おんな》って、罪《つみ》ですか？

みかみてれん

2020年11月10日　初版発行
2022年 4 月15日　再版発行

発行者　青柳昌行
発行　株式会社KADOKAWA
〒102-8177　東京都千代田区富士見 2-13-3
0570-002-301（ナビダイヤル）
装丁者　荻窪裕司（META＋MANIERA）
印刷　株式会社 KADOKAWA
製本　株式会社 KADOKAWA

ISBN978-4-04-913489-6　C0193　Printed in Japan

電撃文庫　https://dengekibunko.jp/

電撃文庫創刊に際して

文庫は、我が国にとどまらず、世界の書籍の流れのなかで〝小さな巨人〟としての地位を築いてきた。古今東西の名著を、廉価で手に入りやすい形で提供してきたからこそ、人は文庫を自分の師として、また青春の想い出として、語りついできたのである。

その源を、文化的にはドイツのレクラム文庫に求めるにせよ、規模の上でイギリスのペンギンブックスに求めるにせよ、いま文庫は知識人の層の多様化に従って、ますますその意義を大きくしていると言ってよい。

文庫出版の意味するものは、激動の現代のみならず将来にわたって、大きくなることはあっても、小さくなることはないだろう。

「電撃文庫」は、そのように多様化した対象に応え、歴史に耐えうる作品を収録するのはもちろん、新しい世紀を迎えるにあたって、既成の枠をこえる新鮮で強烈なアイ・オープナーたりたい。

その特異さ故に、この存在は、かつて文庫がはじめて出版世界に登場したときと、同じ戸惑いを読書人に与えるかもしれない。

しかし、〈Changing Times,Changing Publishing〉時代は変わって、出版も変わる。時を重ねるなかで、精神の糧として、心の一隅を占めるものとして、次なる文化の担い手の若者たちに確かな評価を得られると信じて、ここに「電撃文庫」を出版する。

1993年6月10日
角川歴彦

電撃文庫DIGEST　11月の新刊

発売日2020年11月10日

創約 とある魔術の禁書目録《インデックス》③

【著】鎌池和馬　【イラスト】はいむらきよたか

愛しのお姉様・御坂美琴と二人で過ごす魅惑のクリスマスが黒子の手に！　と思いきや、なぜか隣には髪型がバーコードのおじさんが!?　聖なる夜、風紀委員の黒子に課されたのは『暗部』の一掃。それは闇への入り口でもあり……。

キノの旅XXⅢ the Beautiful World

【著】時雨沢恵一　【イラスト】黒星紅白

「あの箱ですか？　私達の永遠の命を守ってくれるものですよ！　あそこには、たくさんの国民達が眠っています！」「つまりまさか――」エルメスの言葉を入国審査官は笑顔で遮りました。（「眠る国」）他全11話収録。

三角の距離は限りないゼロ6

【著】岬 鷺宮　【イラスト】Hiten

少しずつ短くなっていく、秋玻と春珂の入れ替わりの時間。二重人格の終わり……その最後の思い出となるクラス会で、彼女たちは自分たちの秘密を明かして――ゼロへと収束していく恋の中、彼が見つけた「彼女」は。

日和ちゃんのお願いは絶対2

【著】岬 鷺宮　【イラスト】堀泉インコ

「ねえ、わたし――邪魔かな？」どんな「お願い」でも叶えられる葉群日和。けれども、恋はそんなに簡単じゃない。幼なじみの美少女に放った言葉は、何より日和自身を傷つけて――壊れたまま終われないセカイの、もしかして、最後の恋物語。

声優ラジオのウラオモテ #03 夕陽とやすみは突き抜けたい？

【著】二月 公　【イラスト】さばみぞれ

声優生命の危機も一段落。でも相変わらず崖っぷちなやすみに舞い込んだ仕事は……夕陽の宿敵役!?　できない、苦しい、まだ足りない。それでも――「あんたにだけは」「あなたにだけは」「「負けられない!!!」」

ちっちゃくてかわいい先輩が大好きなので一日三回照れさせたい2

【著】五十嵐雄策　【イラスト】はねこと

通学途中に名前を連呼されたり、ハート型の卵焼きを食べる所を凝視されたりと、相変わらず龍之介に照れさせられている花梨。来たる文化祭で放送部はニャンメイドカフェをやる事になり、メイド花梨は照れて爆死寸前に!?

吸血鬼に天国はない④

【著】周藤 蓮　【イラスト】ニリツ

「死神」との戦いも乗り越えて、より一層の愛を深めたシーモアとルーミー。傍目にも仲睦まじい様子だったのだが、突如「シーモアの娘」を名乗る少女が現れたことで、落ち着いたはずの同棲生活に再び亀裂が入り……？

少女願うに、この世界は壊すべき2 ～輪廻転生の神髄～

【著】小林湖底　【イラスト】ろるあ

桃源郷を解放し地上に降り立った彩紀とかがりは、仲間を増やすため彩皇が住まう寺院へ向かう。しかしそこは、殺人、妄語など悪逆が功徳とされる聖域で――？　最強の聖仙が悲劇を打ち砕くバトルファンタジー第2弾！

新作 桃瀬さん家の百鬼目録《フェイクロア》

【著】日日日、ゆずはらとしゆき、SOW、森崎亮人
【イラスト】吠L

桃太郎の魂を継ぐ桃瀬姉弟を中心に、21世紀の浅草に顕現した御伽噺の英雄達。その使命は、悪しき怨念と共に顕現した魔物「夷狄」の討伐。これは「昔々」から続く現代の御伽噺――鬼退治は桃瀬さん家にお任せあれ!!

新作 となりの彼女と夜ふかしごはん ～腹ペコJDとお疲れサラリーマンの半同棲生活～

【著】猿渡かざみ　【イラスト】クロがねや

「深夜に揚げ物は犯罪なんですよ！」→「こんなに美味しいなんて優勝ですぅ…」即堕ちしまくり腹ペコJDとの半同棲生活。食卓を囲うだけだった二人の距離は、少しずつ近づいて？　深夜の食卓ラブコメ、召し上がれ！

新作 百合に挟まれてる女って、罪ですか？

【著】みかみてれん　【イラスト】べにしゃけ

異性を籠絡する技術を教え込まれたはずの美少女、楓と火凜。しかし初ミッションの相手は、なぜかの女性で……!?　どちらが先にターゲットを落とすかの勝負なのに、この子もう最初から落ちてません!?

新作 白百合さんかく語りき。

【著】今田ひよこ　【イラスト】raemz

高2の永遠（とわ）とリリには秘密がある。それはカプ厨なこと。放課後、空き教室で様々なカップリングへの愛と妄想を語り合うのが2人の日課。そしてもう一つ。リリは永遠が好きなこと。最近、大好きな永遠を独占したいリリは――。

新作 妹の好きなVtuberが実は俺だなんて言えない

【著】芦屋六月　【イラスト】うらたあさお

妹が恋をしたようだ。顔を紅潮させながら、その男がどれだけ魅力的か力説してくる。恋をすることはいいことだ。だが問題は、その相手だ。Vtuberの爽坂いづる、だって？　おい、その中身は俺なんだが――！

新作 エージェントが甘えたそうに君を見ている。

【著】殻半ひよこ　【イラスト】美和野らぐ

ある日を境に、父親の遺産を欲する組織に命を狙われることになった高校生の幸村隼人。彼を守るためにやってきた男装の一流エージェントは、二人きりになると甘えん坊になる美少女だった！　究極のギャップ萌えラブコメ開幕！